Götz Lang

Sind

Männer

irre?

© 2019: Götz Lang

Lektorat: Angelika Fleckenstein, Spotsrock

Taschenbuch	978-3-7482-4357-1
Hardcover:	978-3-7482-4358-8
e-Book	978-3-7482-4359-5

Verlag und Druck:
tredition GmbH
Halenreie 40–44
22359 Hamburg

SIND MÄNNER IRRE?

Haben wir einen Neubeginn in der Männerwelt?

Fortschrittlich, positiv sich weiterentwickelnd – oder hängen Männer auf der Couch rum, sind depressiv und weinen? Manche Mutter hat mit *ihm* geschimpft: „Junge putz dir die Nase", das kränkt schon ziemlich. Oder sind manche Männer auf Angriff getrimmt, sie wollen die Welt erobern, andere könnten gleich mit drei Frauen verheiratet sein. Oder befinden sich die Männer auf dem falschen Weg und rennen direkt in ihr Verderben – und werden irre?

Vor Tausenden von Jahren rannten die Männer irgendwelchen großen Tieren hinterher, sie konnten einen Speer fast 100 Meter weit werfen. Zu Hause wartete die Frau mit den lieben Kinderlein. Damals waren Männer eigentlich Einzelgänger. Immer auf der Jagd nach Tieren oder nach Frauen. Aber die Natur oder der liebe Gott – vielleicht auch beide – hatten ein Einsehen mit den Frauen. Sie gaben den Frauen das Talent, Männer zu verführen; salopp gesprochen könnte man auch sagen: sie in die

Knie zu zwingen. Die Männer erkennen das nicht. Männer glauben, *sie* führen, und Frauen lachen, man müsste sie mal fragen, warum.

Ja, der Jäger wurde verführt.

Wenn seine Frau ihn nicht verführt hätte, gäbe es wahrscheinlich auch keine Kinderlein. Schon ein erster Beweis: Männer waren damals wohl schon verrückt oder irre. Eine offene Bluse genügte, und er vergaß alle Vorsicht und verfiel in einen sexuellen Rausch.

Männer kamen früher zu Tode, z. B. durch einen Sturz in eine Schlucht, weil sie einer schönen Frau nachgelaufen sind, andere hatten sich in der Nacht verlaufen, ganz Verrückte rannten jungen Damen hinterher. Sie konnten dann drei Tage nicht auf die Jagd, wegen Muskelschmerzen. Klar, früher gab es auch schon einen Mini, in diesem Fall, einen sehr kurzen Fell-Rock. Männer mussten aufpassen. Ob es zu dieser Zeit schon ein Nudelholz gab, ist allerdings nicht bekannt. Sowas gehört bei Frauen ja zum Pflichtgerät im Haushalt. Und Männer kennen diese Gefahr.

Vielleicht hatte der Jäger seinen Speer daheim in die Ecke gestellt. Seine Frau setzte ihre weiblichen Waffen ein. Sie brauchte dringend einen neuen Fellmantel. Der alte war zwar erst sechs Monate in Gebrauch, doch Frauen waren sicher auch damals schon sehr modebewusst.

Er hatte dafür kein Verständnis.

Das Resultat: Im folgenden Winter hatte sie dafür *zwei* schöne neue Fellmäntel, und ihm war während der Jagd ein Zeh erfroren. Seine Frau gab ihm einen dicken Kuss und freute sich. So schön waren die Zeiten. Dafür waren die Frauen schon damals zuständig.

Haben sich Männer geändert?

Gott war ein weiser Mann. Der Mann war ihm sehr gelungen.

ER war sehr zufrieden mit SEINEM Werk und lächelte. Ja, so muss der Welteroberer sein, dachte ER.

Auch Gott kann sich irren. Wenn ihm der Mann schon so gut gelungen war, dann sollte er auch ein bisschen verrückt und irre sein. Bei den Frauen hatte er Schwierigkeiten bei der Gestaltung. Frauen sind deshalb vermutlich selten mit ihrem Äußeren zufrieden. Der liebe Gott muss wirklich Ahnung gehabt haben. Sehr weise eben. Hätte er jedoch gewusst, was er mit der Schöpfung der Frau anrichtet ...

Denn schon folgte die Rache der Frau. Männer versuchten meist erfolglos zu flüchten. Mit den Waffen der Frau werden Schlachten gewonnen. Männer beschwerten sich bei dem lieben Gott. Die Antwort lautete: „Ich habe einen Fehler gemacht. Seht zu, wie ihr zurechtkommt."

Das ist ein Grund, warum Männer irre werden können.

Hier sind die Waffen der Frau: ein großer Schminkkoffer, mehrere Lippenstifte, ein kurzer Rock, eine Bluse mit einem sehr großen Einblick, vielleicht Strapse, eine Perücke zur Abwechslung der eigenen Darstellung.

Die Männer sind bei solch weiblichen Angriffen verloren, ganz egal ob Straßenkehrer oder Direktor.

Die meisten Männer sind verrückt oder irre, sie glauben, sie würden was verstehen, verstehen aber nichts. Spielen sich auf und wollen andere Menschen – in diesem Fall Frauen – beeinflussen und beeindrucken. Verrückte sind an der Macht.

Das Resultat? Elend, Hunger und Kriege.

Und so müssen Männer jetzt warten. Manche sagen *leiden*. Welche Freude für die Frau.

Lachfalten stören Frauen nicht. Nein, sie freuen sich diebisch.

Er möchte mit seiner Frau ausgehen. Die Frau dazu: „Schatz warte, ich muss mich noch schminken", und das führt bei Männern zu unruhigem Zucken des Augenlides oder einem stillen Fluch. Das Warten schlägt auf des Mannes Gemüt.

Gut, es stimmt Frauen wollen immer hübsch aussehen, geht aber ohne Schminke selten. Die meisten Männer kennen ihre Frauen nur geschminkt. Aus diesem Grunde sagen viele Frauen auch im Schlafzimmer: „Schatz, lass bitte das Licht aus, mir tun die Augen weh." Gegebenenfalls wäre es eine große Enttäuschung für den Mann, und er würde – *falls* er das Licht anmachte – erschrocken sagen: „Oh mein Gott, bist du es, Mutter?"

Zweifellos ein weiterer Grund, um als Mann irre zu werden. Aber sie lacht, und der Mann braucht eine Beratung beim Hausarzt.

Meine Damen, sind das faire Methoden?

Man kann die Männer hier nicht verstehen. Wie können Männer solche Beziehungen mit Frauen eingehen? Kaum zu glauben, oder sind diese Beziehungen lediglich eine Bestätigung dafür, dass Männer verrückt sind. Vielleicht sind sie geblendet? Entweder haben sie in der Schule sehr oft gefehlt, oder sie haben von klein auf eine Sehschwäche.

Der Mann wiegt 130 Kilo bei einer Größe von knapp 2 Meter und seine Partnerin wiegt 48 Kilo bei einer komfortablen Größe von 1,50 Meter. Frage: Wie passt das denn? Stellen Sie sich einmal Folgendes vor: In einer stürmischen Liebesnacht passierte das Unglück. Der Notarzt musste kommen. Die Frau war kurz vor dem Erstickungstod. Das Paar wollte einen Stellungswechsel probieren, und zwar Sie unten und er oben. Sie haben es nie wieder probiert.

Schön ist das nicht. Der Mann sollte dringend zu einem Arzt und abnehmen.

Vollkommen irre.

Andere Beispiele:

Die Frau ist knapp 2 Meter groß und ihr Freund ist nur kleine 1,60. Er braucht eine Leiter, um sie zu küssen. Er muss schon mächtig verliebt sein, oder vielleicht betrunken. Oder seine Frau braucht ihn zum Einkaufen, weil sie keinen Führerschein hat.

Seine Freundin ist leidenschaftliche Köchin und er ist Veganer. Passt auch nicht.

Er ist Klavierlehrer und sie ist taub. Vielleicht ist das ein Glücksfall ... er kann viel zu Hause spielen. Man muss dazu sagen, dass seine beiden früheren Frauen ihm davongelaufen sind. Die neue Beziehung könnte passen.

Er singt im Kirchenchor und seine Frau ist deutsche Meisterin im Gewichtheben in der Klasse über 90 Kilo. Er hat daheim nichts zu lachen, denn sie ist vorbestraft wegen Körperverletzung. Der Mann muss krank sein, oder er leidet an akuter Sehschwäche. Vielleicht hat er generell ein gestörtes Verhältnis zu Frauen.

Er ist Boxer und sie Feministin und leitet Fachkurse unter dem Titel „Man lebt besser ohne Mann". Da hat er viel zu kämpfen, um sich in solch eine Beziehung einzulassen. Vielleicht ist seine Birne aber auch bloß weichgeschlagen?

Männer verlieren den Überblick in einer Beziehung. Ich habe gesagt, dass Frauen sich rächen, weil sie sich immer schön machen sollen oder müssen für die Männer und damit Männer ihre Freude an ihnen haben. Wie man solche Waffen einsetzen kann, könnte das folgende Beispiel zeigen: Ein schöner Abend hätte es sein können, ja wenn ... Die Frau setzte ihr verführerisches Lächeln ein – sowas können Frauen ohne Probe vor dem Spiegel. Sie müsste sich morgen einen neuen Schminkkasten kaufen. Sie sah einfach toll aus. Und ihre Kleidung? Der Mann war vor lauter Faszination völlig neben der Kappe. Er wurde gierig, er steckte sich drei Zigaretten auf einmal in den Mund, verschüttete in der Erregung seinen Whisky und fing an zu lallen. Das sind die typischen Anzeichen eines Aussetzers bei einem Mann. Und schon hat die Frau ihn in der Hand. Wenn sie dann auch noch ihre Beine spreizt, wird der Mann ihr vollkommen erlegen. Und dann werden all ihre Wünsche erfüllt. Ein Pelzmantel würde ihr gutstehen oder ein schöner Ring. Ja. Und er verspricht alles. Er befindet sich in einem Rausch. Hat vergessen, dass Alkohol sich schlecht auf die Potenz auswirkt, obwohl doch bekannt ist, dass sein kleiner Freund in alkoholisiertem

Zustand keinen Bock mehr hat. Und so rutscht er an diesem Abend von der Couch und hat am nächsten Morgen einen dicken Kopf. „Ich trinke keinen Alkohol mehr."

Meine Damen: Das sind meist leere Versprechungen.

Aber so kann es verrückten Männern ergehen.

Mann ruft den lieben Gott an. „Lieber Gott. Ich glaube, ich habe zu wenig Hirn."

Der liebe Gott antwortet: „Kein Problem. Tröste dich. Da bist du nicht der Einzige."

Ohne Worte.

Bei jüngeren Damen kommt es sogar vor, dass Männer gegen einen Tisch laufen. Nennen wir sie Marianne, sie ist 21 Jahre. Diese junge Dame saß auf einem Barhocker, Modell „Scheidung". Sie trug einen Mini, bei dem Männer anfangen zu schielen oder die jeweilige Gattin laut ruft: „Bitte zahlen!"

Dann kam die frauliche Waffe zum Einsatz. Die junge Dame rutschte im Zeitlupentempo von diesem Hocker. Man kann spontan oder auch ruckartig von einem Hocker rutschen, doch bei ihr war es ein endloses Gleiten. Pure Provokation für Männer. Eine Wirkung wie ein Bombeneinschlag. Der Mini rutschte in eine Höhe, bei der man früher bereits die Verlobung hätte aussprechen müssen.

Eine Frage, meine Damen: Warum wurde der Minirock eigentlich von einer Frau erfunden? Es musste doch Gründe dafür gegeben haben. Auch die Rache der Frauen? Männer können Raketen, Maschinen und sonst was erfinden, doch Frauen besitzen sie schon, die Waffen, mit denen Männer besiegt werden. Sehr hinterhältig meine Damen. Männer kommen darüber dann in den Ruf, ein Macho zu sein. Der Einsatz *dieser* Waffen ist ein ungleicher Kampf der Geschlechter.

Übrigens ... wissen Sie, was in der heutigen Zeit einen Mann aus macht? Was Frauen sich wünschen, wahrscheinlich sind es Träume?

Männer von heute haben klare Ziele: Die erste Million machen, Erfahrungen mit Frauen sammeln. Männer sind stark. Sie packen die Sachen an. Eine Entschuldigung brauchen sie nicht. Das sind die Männer in bereits gesetztem Alter. Bei ihnen kann sich Frau anlehnen und sicher fühlen. Der jüngeren Generation hingegen fehlt die geistige Reife. Sie sind eigentlich noch kleine Jungs. Sie haben keine Ahnung, was einen starken Mann ausmacht. Leider gibt es auch viele „weiche" Männer. Sie drücken sich vor dem richtigen Leben, träumen und schwärmen. Das wahre Leben fürchten sie, und man könnte sagen: Sie sind Feiglinge.

Starke Männer haben Humor. Sie lachen gerne, sind witzig und manchmal auch etwas verrückt. Frauen lieben humorvolle Männer. Lachen steckt an. Mit Humor zeigen Männer auch ihre kreative Fähigkeit. Mit Humor gelten Männer als intelligent und sexy. Lachen und Sex passen zusammen. Mit Humor kann man eine Frau verführen.

Aber Vorsicht: Frauen lieben einen anderen Humor als Männer. Während Männer gern sehr derbe Witze reißen, mögen Frauen eine Art des Humors, die – sagen wir – tiefgründiger ist, gerne auch mit einem Schuss Selbstironie. Humor könnte sogar helfen, wenn Männer Probleme gerne alleine lösen wollen.

Sie geben es natürlich nicht gerne zu, aber Männer brauchen eine Frau, die sie unterstützt. Frauen besitzen diese Macht, weil Männer auf weibliche Reize reagieren. Hier wird selbst der stärkste Mann schwach. Männer mögen interessierte und interessante Frauen. Sie sollten auch klare Ansagen machen. Gerade in der heutigen Zeit, immerhin ist es der fortwährende Aufbruch der Frauen in die Männerwelt, sollten Frauen ihre eigene Meinung vertreten und nicht damit hinter dem Berg halten. Sie sollten, ja müssen auf Augenhöhe sein.

Großartig!

Auch starke Männer haben Schwächen. Er will gerne liebevoll versorgt werden. „Schatz, ich habe Kopfschmerzen", und sie bringt ihm gleich eine Tablette und ein Glas Wasser. Solche Momente prägen sich bei ihm ein, und es sind unbezahlbare Pluspunkte für die Frau. Eine Verbindung, in der es oft humorvoll zugeht, wird bestehen bleiben. Man sollte auch über sich selbst lachen können. Die humorvolle Frau ist ein Geschenk für einen Mann. Traumhaft. Und wenn Männer dann auch noch das Gefühl haben, sich immer auf sie verlassen zu können, weil sie ihn unterstützt, und ihr Satz „Ich liebe dich" von Grund auf ehrlich klingt, dann sind ist er in der Beziehung der Gewinner.

Gottseidank, dass es auch diese Männer gibt.

Was Frauen sich von einem Mann wünschen: den Beschützer, den Liebhaber. Ein Mann, auf den sie sich verlassen kann. Er plant einen schönen Tag mit ihr, er lädt zu einem Eis ein, er bringt überraschend einen Strauß roter Rosen mit.

Er sollte ein guter Zuhörer sein, die Meinung der Frau akzeptieren und nicht immer dazwischen sprechen (oft nur ein schöner Traum).

Können Männer Gefühle zeigen? Sie wünscht es sich. Er sollte kuscheln, sich an ihrer Schulter auch mal ausweinen, einfach seine Schwächen zeigen. Das wäre fantastisch. Sie würde vor Glück mitweinen. Und ... mal ganz offen gesprochen: Im Schlafzimmer müsste er besonders seine Stärke zeigen. Hier ist er ein *Mann*. Ja, er sollte sie befriedigen können, sie sollte auf ihre Kosten kommen, sich dabei in den siebten Himmel entführen lassen.

Shoppen gehen ist eine Lieblingsbeschäftigung der Frauen. Wie schön wäre es für die Frau, wenn er mir ihr Hand in Hand bummelt, vor einem Schaufenster stehenbleibt und dann sagt: „Schatz, wie gefällt dir das Kleid?", und bevor sie noch antworten kann, reicht er ihr seine VISA-Card.

Das wäre doch schön, oder?

Ja, so solche Träume haben Frauen. Sie würden wie im Paradies leben. Träumen darf man doch, oder?

Es gibt aber eine andere Sorte von Männern. Und hier ist Vorsicht geboten, meine Damen!

Ich rede von den verrückten oder irren Männern, vor denen man warnen muss einerseits. Andererseits wäre die Welt ohne diese Typen doch ärmer. Sie machen z. B. Komplimente, dass manche Frauen nur so dahinschmelzen. Die Komplimente lassen sie erröten.

Sie ist 50. Er schätzt sie auf 35. Er wickelt sie um den kleinen Finger, und das Spiel ist für ihn gewonnen. Einige Zeit später bürgt sie für einen Kredit, und er hat sich eines Tages vom Acker gemacht. Irgendwann sucht sie eine kleinere Wohnung ... Sie konnte die Miete nicht mehr bezahlen. Daher große Vorsicht vor solch gerissenen Schmeichlern! Statt wie 35 sieht sie dann aus wie 60. Es sind die Sorgenfalten. Meine Damen, glauben sie nicht alles, was solche verrückten Männer Ihnen versprechen. Prüfen Sie ihn gut! Und die Zahl solcher Fälle steigt stetig.

Es werden andererseits auch immer größere Anforderungen an die Männer gestellt. Die Welt der Männer wird sozusagen zwangsläufig immer verrückter. Man(n) muss mithalten. Die Jugend greift an. Mit 30 Jahren zeigt sich schon die starke Konkurrenz. Es schlägt auf das Gemüt. Und leider auch auf die Potenz. Schon in den 30ern haben Männer Probleme und suchen die Beratung beim Urologen auf. Sie werden erdrückt von den täglichen Problemen im Beruf und im privaten Umfeld. Die Welt des ‚Machos' bröckelt. Frauen greifen an. Er muss sich wehren, und so wird er langsam irre durch seine Kämpfe an allen Fronten gleichzeitig. Er sucht einen Ausweg und verfällt in einen Wahn.

Forderungen der Frauen: „Du trägst jetzt das Kind auf der Brust. Ich kann nicht. Du weißt, mein Rücken." Oder: „Mein Lieber, du kaufst jetzt einen neuen Kinderwagen. Den hier haben wir noch von deiner Mutter." Ständig ist der Mann Forderungen und Befehlen ausgesetzt. Da könnte man(n) durchaus zum Alkoholiker werden, wenn der gute Tropfen irgendwann den einzigen Trost darstellt.

Der Wahn, allem gerecht werden zu wollen, ja

zu müssen, verschleiert ihm dann den Blick für die reale Welt. Er greift in seiner Hilflosigkeit zu verschiedenen Mittelchen. Er will, er *muss* seine jugendliche Kraft erhalten. Es wundert kaum, dass Frauen zunehmend jüngere Männer suchen, denn mit 50 sind nicht wenige Männer heute fast Greise. Aber das darf nicht sein!

Viele Männer haben, wie gesagt, aber ganz andere Probleme. Gerade die jüngere Generation der Männer. Sie wollen immer cool sein, und das Smartphone ist ihre Welt. In der Männerwelt fragt man sich: Wie spreche ich eine Frau an? Und hier wird es verrückt. Ja, es ist ein echtes Problem, denn man hat Angst, sich zu blamieren. Ein roter Kopf ist unangenehm. Aber dann traut man sich doch, die Frau seiner Träume anzusprechen. Ihm bricht der Schweiß aus, und vielleicht stottert er, der verliebte Mann. In Gedanken sieht er sie schon nackt und ist deshalb erregt und dann kommt es über seine Lippen: „Hallo schöne Frau. Ich bin der Herbert. Ich bin bei der Post und habe eine hübsche Zweizimmerwohnung." Oder: „Darf ich Sie mal was fragen?" Schlimm: „Darf ich Sie mal küssen?" Oder er macht in Konversation:

„Können Sie gut kochen?" Und: „Ich liebe Kinder, und Sie?"

Ziemlich schlecht ist: „Sie sind aber eine scharfe Mutti" oder „Wäre ich Ihre erste Beziehung?"

So wird das nichts, liebe Irren. Wenn Sie nun abgewiesen werden, sind Sie auch noch beleidigt und tönen: „Frauen sollen sich nicht so anstellen."

Ich vermute, Sie lachen. In der verrückten Welt der Männer, kann so was aber tatsächlich passieren. Viele Männer sind sehr schüchtern. Sie machen dann Fehler. Kluge Frauen sollten ihnen diese Dummheiten verzeihen.

Hier die Wirkung: Der Verliebte wirkt verändert. Es ist Winter, und er trägt ein Hemd mit kurzen Ärmeln. Er hat keinen Appetit mehr. Nachts schläft er unruhig, drückt sein Gesicht tief in die Kissen und murmelt: „Monika, du bist mein Stern." Er leidet unter Herzrasen und Schwindelanfällen, hat Probleme bei der Arbeit, kann sich schlecht konzentrieren. In einem Gespräch mit dem Chef nannte er ihn versehentlich „Arschloch", obwohl er einen Kollegen meinte. Das war peinlich. Er ist nur noch euphorisch unterwegs, umarmt eine Arbeits-kollegin und greift ihr an den Busen. Die Dame nahm's ihm nicht krumm. Sie war sechzig Jahre alt und schien dankbar für die Umarmung, denn sie lächelte. So kann man Freude bereiten. Die Diagnose: Der Mann ist einfach verrückt und verliebt.

Ja, so sind verliebte Männer.

Aber, wieder Vorsicht: Verliebtheit wird allzu oft mit Liebe verwechselt. Verliebtheit ist ein Rausch der Gefühle und kann sich ernsthaft in wahre Liebe verwandeln, die dann eine Basis für eine dauerhafte Gemeinschaft oder für die Ehe ist.

Irre und verliebte Männer denken deshalb nicht zuerst an eine Ehe, sondern zunächst an Spaß, Vergnügen und Sex. Manche denken auch: Mein Mausi halte ich mir fest. Die kann mir jetzt meine Wäsche waschen. Aber ob das stimmt? Fragen Sie mal Ihren Freund. Vielleicht ist es übertrieben.

In der verrückten Welt der Männer sollten Frauen auch wissen, dass Männer gewisse Ei-genarten haben. Verrückte Männer spielen auch gerne mit den Gefühlen der Frau. Es ist eine Art Spiel verbunden mit Spaß, sie versuchen so, zu ihrem Ziel zu kommen. Wie bekannt, lieben Frauen humorvolle und witzige, auch verrückte Männer. Vorsicht, meine Damen: Zeigen Sie diesen nicht so schnell und offen Ihre Gefühle. Das kann schnell zu schmerzhaften Enttäuschungen führen.

Was Sie jetzt erfahren, ist fast nicht zu glauben. Sie kennen Hobbys. Man freut sich drauf, denn Hobbys dienen der Entspannung. Bekannt sind zum Beispiel: Lesen, Stricken, Malen wie ein Künstler, Modellbau, Angeln, Fotografieren und viele andere mehr. Das freut jeden normalen Menschen.

Das gilt aber nicht für verrückte Männer. Hier ist der Wahnsinn angesagt. Irre Männer spielen: Kuhfladen-Bingo. Bei schönem Wetter wird eine Wiese aufgeteilt, sodass in jeder Einheit Kühe stehen. Dann wird gewettet, in welchem Bereich die Kühe zuerst einen großen Haufen entleeren. Wer richtig tippt, hat gewonnen.

Irre Männer spielen auch: ,Extrembügeln'. Tatsache: Männer können *auch* bügeln, und sie betrachten das als ihr Hobby. Wenn Sie jetzt denken, die bügeln zu Hause, muss ich Sie enttäuschen. Nein, sie nehmen das Bügeleisen und ein Bügelbrett mit und fahren in die freie Natur, sie bügeln im Freien. Das gefällt Ihnen. Sie glauben das nicht? Aber das ist kein Scherz. Solche irren Männer gibt es wirklich.

Irre Männer spielen: ‚Flugzeuge'

Verrückte setzen sich am Flughafen auf die Besucher-Terrasse und schreiben sich auf, welche Fluglinie schneller abheben kann und stoppen dabei die Zeit. Vollkommen irre, oder?

Ganz irre Männer pflegen das ‚Kotztüten sammeln'.

Nicht zu glauben! Verrückte, die sehr viel mit verschiedenen Airlines fliegen, nehmen sich aus dem Flugzeug Kotztüten mit Deko mit zum Sammeln, oder für die Kinder als Souvenir. Tolles Hobby? Vollkommen irre!

Er geht in ein Lokal und spricht dort willkürlich andere Leute an. Er führt für sie auf ein Thema und bricht einen Streit vom Zaun, reizt den anderen, bis der sich so aufregt, dass er auf 180 ist. Und dann steht er auf und geht und freut sich diebisch. So was haben Sie noch nie gehört?

Andere irre Männer treffen sich zum ‚Brennnesselessen'. Frische Brennnesseln werden mitgebracht und unzubereitet verspeist. Es darf keine Miene verzogen werden. Wer die meisten Brennnesseln isst hat gewonnen.

Es ist schon echt wundersam, oder?

Auch ein schönes Thema bei den Irren: Sind Männer heute noch *Männer* oder passen sie sich zunehmend der Weiblichkeit an. Ist der Mann noch männlich? Ja, es ist ein unglaubliches Phänomen: der immer weiblicher werdende Mann. Er lackiert sich die Fingernägel mit Klarlack, lässt sich die Augenbrauen zupfen und vielleicht noch eine Pediküre angedeihen. Immer mehr männliche „Modepüppchen" laufen durch die Straßen. Aber ist das noch männlich? Sich schön machen mit Pinzette und Wimpernzange?

Vielleicht ist es ein Trend, die Auffälligkeit dieser Männer. Diese Männer möchten so aus der Masse heraustreten, nicht so sein wie jedermann. Suchen sie nach Individualität oder, sind diese Männer schlicht verrückt?

Aber der Trend der Weiblichkeit bei Männern geht noch weiter. Man könnte befürchten, dass es eine Art Verschmelzung zwischen Mann und Frau gibt. Der einzige Unterschied ist dann nur äußerlich: der Bart des Mannes.

Manche dieser Männer finden es „hipp", andere empfinden sich sehr modebewusst, und wieder andere zeigen ihre Auffälligkeit zur Stärkung ihres Selbstbewusstseins. Andere möchten provozieren, suchen nur Aufmerksamkeit. „Normale" Männer finden es hingegen einfach krank oder irre.

Darf man die Frage stellen: Sind Männer mit ihrer persönlichen Einstellung und Empfindung verrückt?

Hierzu ein Hinweis: In der Tierwelt sind die männlichen Tiere oft schöner, sie haben auffallendes Gefieder oder andere ins Auge stechende Eigenschaften. Mit diesen Eigenschaften möchten Sie die Weibchen beeindrucken.

Kann man unter diesem Aspekt einen Zusammenhang zwischen Tier- und Menschenwelt sehen? Ich glaube kaum. Frauen würden sich gewiss dagegen verwehren. Gottseidank oder?

Vorsicht!
Die Macht der Frau wäre nicht sehr stark und ausgeprägt, wenn es die Eitelkeit der Männer

nicht gäbe. Frauen spielen mit den Männern. In ihrer Eitelkeit erkennen Männer nicht die Gefahr. Männer werden umgarnt wie von Spinnen. Und Spinnen sind gefährlich. Sie können auch töten.

Ja, Männer sind eitel. Vor allem die irren Typen. Nur 10 Haare auf dem Kopf, aber zwei große Kämme dabei. Leider gehen ja dem Mann eher die Haare aus als der Frau. Er kann Sport treiben, er kann Diät machen. Es hilft ihm nichts. Der Haarausfall schreitet voran. Haare sind anscheinend auch ein wichtiger Aspekt für sein Selbstwertgefühl. Deshalb ist Haarausfall eine Tragödie für den Mann. Irre Männer leiden noch mehr darunter. Ein Hilfsmittel wäre eine Perücke. Nur Männer haben dabei keine konkrete Vorstellung davon, was gut zu ihnen passt. Längere Haare oder doch ein kurzer Schnitt? Mit guten Augen kann man eine Perücke erkennen. Bitte daher nicht lachen. Für irre Männer ist das Problem ein Anlass für einen Selbstmord. Eitle Männer legen immer mehr Wert auf ihr Äußeres. Wie schon erwähnt, besuchen eitle Männer sogar einen Schönheitssaloon und lassen sich Gesichtsmasken auflegen.

Der Renner: fein geschnittene Gurkenscheiben. Fast ein Standardprogramm für Männer. Dass sie sich auch ,unten' die Haare färben, ist nicht bewiesen. Könnte aber durchaus sein. Ist solche Eitelkeit immer sexy? Frauen mögen eigentlich stattliche große Männer. Männer können in ihrem Schönheitswahn in der Gesellschaft auch nerven, denn ihr Äußeres dient nur der eigenen Selbstgefälligkeit und weniger den Frauen. Eigentlich schade. Große Männer kommen bei Frauen gut an. Was aber tun, wenn man nur 1,60 ist?

Der normale Mann stört sich weniger daran. Der irre allerdings sehr und ist bestrebt, dem Längenwachstum optisch nachzuhelfen. Er kauft zuerst Schuhe mit hohen Absätzen. Reicht das nicht, greift er – auch wenn es noch so schmerzhaft ist – zu einer erhöhenden Einlage, die in den Schuh kommt. Er stößt zwar vorne mit den Zehen an, aber das ist ihm egal. Es muss sein! So sind eben eitle Männer.

Doch die Wahrheit lauert um die nächste Ecke: Wenn er abends mit seiner Eroberung ins Liebesbett geht, wundert sie sich, dass er sich plötzlich in seiner Größe verändert hat und sie beim Liebesspiel Probleme haben. Statt sie zu küssen, sagen wir Gesicht zu Gesicht, liegt jetzt der Kopf auf ihrem Busen. Man kann es aber nicht ändern. Auch eine schöne Beziehung! Und Frau fragt sich „habe ich heute Alkohol getrunken, oder brauche ich eine Brille?"

Eitel ist er auch zu Hause. Die Frau braucht morgens im Bad sagen wir 30 Minuten. Der Mann übertrifft hier seine Frau. Cremes, Salben, Duftwässerchen beanspruchen reichlich Platz im Bad. Und diese Schönheitsmittel gehen auch richtig ins Geld. Viele müssen sich das Rauchen abgewöhnen. Beides kann er sich nicht mehr leisten. Früher konnte er seine Frau zum Essen einladen. Auch das ist vielleicht vorbei.

Es soll aber Frauen geben, die diese Art der Eitelkeit *nicht* lieben. Für diese Frauen sollten Männer nach Männlichkeit, sogar nach Verruchtheit und nach Schweiß riechen. Eine Nacht mit einem solchen Mann zeigt, wer der Herr im Haus ist. Der Mann ist ein Mann. Er braucht keine Zitronenscheiben im Gesicht. Er riecht nach Whisky. Der eitle Mann nach Blütenwasser. Frauen sollten eigentlich wissen, was sie dann wollen. Und wenn der Mann dann die Frau in den siebten Himmel in der

Nacht geführt hat, dann stimmt die Welt. Frauen mit einem Schönling werden weinen. Die Nacht mit ihm war eine Enttäuschung. Sie wollte ihm in die Haare greifen. Und er? Er wurde sauer. „Du zerstörst meine Frisur." Und das im Bett! Solche Männer müssten zu einem Arzt.

Frauen besitzen die Macht, weil Männer unbewusst auf weibliche Reize reagieren. Die können gar nicht anders. Und damit haben die Frauen die Männer quasi in der Hand. Viele Frauen warten nur darauf, dass der Mann in seinem Wahn, und seiner irren Einstellung, ein besonders männlicher Mann zu sein, auf Sie reagiert. Und jetzt? Wenn der Mann sich gut beherrscht und nicht wie gewünscht auf ihre Reize reagiert, dann hat der Mann verloren – und warum? Jetzt ist er ein Sexist. So sollte es nicht sein.

Und es gibt eine Macht, die besteht darin, dass der Mann nicht sicher ist, etwas richtig zu machen. Resultat: Hier machen Männer viele Fehler aus reiner Unsicherheit. Frauen lächeln dann. Sehr gemein! Der Mann hat keine Ahnung, warum.

Wenn man sagt: Männer sind irre, dann betrifft

dies auch für seine Vorlieben. Wie gesagt, Frauen gehen shoppen und kommen mit vollen Tüten nach Hause. Auch Männer haben hierbei ihre eigenen Vorstellungen.

Er geht wohl gerne einkaufen, aber sein Ziel ist ein anderes. Er geht in Richtung Baumarkt. Da ist er zu Hause. Er fährt vielleicht 30 Kilometer, weil ihm eine kleine Schraube fehlt und kommt dann meist vollgepackt wieder zurück. Wenn das Frauen machen, stört es ihn.

Aber das nimmt er gern in Kauf.

Der Baumarkt hingegen ist die Welt der Männer. Hier herrschen andere Gesetze, denn hier kennt man das Wort Zentimeter, Maßeinheiten, Watt und Drehzahlen. Männer finden können sich glatt selbstverwirklichen in einem Baumarkt, der ist schon fast sein Zuhause. Hier würden Frauen stören, denn sie haben selten Ahnung. Männer dagegen sind hier gefordert und können helfen.

Männer reden eigentlich nicht gerne und nicht viel, sie kommen lieber gleich auf den Punkt. Sie kennen die Begriffe, sie sind ja Fachmänner, ein Wort wie ‚Dielenschleifer' stellt für ihr Verständnis überhaupt kein Problem dar, und er gewinnt immer weitere neue Erkenntnisse.

Es können auch Männerfreundschaften entstehen. Man kann sich auch im dortigen Café treffen. Frauen trinken einen Kaffee mit viel Milch. Die Männer haben schon einige Flaschen Bier auf dem Stehtisch stehen. Einige jüngere Damen wurden belästigt.

Spitze Bemerkungen „Mein Schatz, hast du auch einen Slip an?" Beliebt bei diesen Männern „Wie wäre es mit einem Quicky?" Die jungen Frauen denken vielleicht „Mist, ich habe meine Periode." Frauen sind auch nicht so harmlos.

Manche Männer konnten alkoholbedingt nichts mehr einkaufen. Er wusste nicht mehr was er brauchte, und zu Hause hat er seiner Frau gesagt „die hatten heute geschlossen." Männer sind eben nicht dumm, wenn es zu ihrem Vorteil ist.

Manche tragen auch schon mal ein 3 Meter langes Brett an den Wagen. Er hat zwar einen Fehler gemacht, denn das Ding passt nicht in sein Auto. Leider hat er vergessen, dass er nur einen kleinen Fiat besitzt. Er geht zurück und lässt das Brett durchschneiden. Zu Hause versucht er dann, es wieder zusammenzukleben. Das ist einfach irre.

Aber so sind verrückte Männer. Es kann sogar passieren, dass er eine Betonmischmaschine in seinen Wagen lädt. Klar, es war ein Superangebot mit 50 Prozent Rabatt. Muss man nutzen. Und zu Hause? Seine Frau war sprachlos. Die Maschine war vollkommen nutzlos. Die steht jetzt im Garten und wird mit Blumen behängt. Eingesehen hat er den Fehler natürlich nicht. Dennoch bleibt der Baumarkt seine Inspiration. Frauen würden es nicht verstehen und verzweifeln, aber er ist in seinem Element.

Wenn diese Männer erfahren, es gibt Sonderangebote fahren sie sofort los. Und der Einkauf, unglaublich: 30 Kilometer gefahren, und in der Einkaufstüte hatte er einen Dreier-Pack schwarze Socken. Der Preis vorher 4 Euro und im Angebot 2,90 Euro.

Verrückte Männer sind so. Kein Zweifel, dass es sie gibt.

Wenn wir von verrückten Männern reden, dann kommen wir auch zum Thema Fitness, dem ebenfalls ein gewisser Wahn anhaftet. Noch mehr Muskeln wollen sie aufbauen, noch härter trainieren und vor allem viel weniger Fett zu sich nehmen, stattdessen schlürfen sie Eiweißdrinks und schlucken manchmal auch kleine bunte Pillen. Es ist der Wahnsinn vor allem älterer Männer. Fitness-Studios ziehen sie magisch an. Sie beobachten die muskelbepackte Konkurrenz, meist natürlich jünger, und der wollen sie nacheifern. Das schaffen wir, ermuntern sie sich selbstsicher. Nicht selten gibt es nach dem ersten Besuch ein unerfreuliches Erwachen, wenn Sie zum Arzt müssen. Sie haben sich gnadenlos überschätzt und an den Gewichten verhoben oder sich an Geräten verrenkt. Jetzt hilft nur noch eine Salbe. Oder andere irre Männer gehen an Krücken. Es spielt aber alles keine Rolle, sie bleiben letztlich unbelehrbar.

Wenn man eine Frau erobern möchte, muss man leiden, so ihre Denkweise. Mehr Muskeln symbolisieren für sie mehr Männlichkeit. Fit sein heißt vor allem eines: fit *aussehen*. Das Wunschziel der Sixpack. Das wäre der Wahnsinn! Und dafür tut der irre Mann alles. Er rennt im Park sogar zu den Spielgeräten, die eigentlich für Kinder gedacht sind, und macht Klimmzüge. Kein Problem für ihn. Allerdings

sah ein anwesender Vater das anders, und der Irre bekam entsprechende Drohungen, sind die Spielgeräte doch nicht für das Gewicht eines erwachsenen (irren) Mannes gedacht.
Und Mütter regen sich auf: „So ein Idiot. Der gehört ins Altersheim."

Unbeeindruckt von der Schelte schlich der Fitnesswahnsinnige davon. Der Gute war schwerhörig. Sein Hörgerät hatte er vergessen.

So nähert er sich ein paar Bäumen, nachdem die Liegestütze halbwegs gut geglückt sind. Ein runterhängender Ast muss für die Klimmzüge nun herhalten. Pech! Der Ast brach ab, und er lag auf dem Boden. Er kam nicht mehr alleine hoch, und zwei Damen mussten ihm auf die Beine helfen. „Sie sind aber auch ganz schön fett", meinte die eine tadelnd. Das gab ihm den Rest.

Es gibt sie wirklich, diese fitnesswahnsinnigen Kerle.

Wie erwähnt. Eitel sind Sie, ja. Eitelkeit und Muskeln – das passt zusammen. Ein schmales Hemd wollen sie nicht sein. Frauen lieben starke, große und sportliche Jungs. Daher leben Männer im Glauben, sie verlieren den

Anschluss, wenn sie sich nicht hart drillen. Dass Sie aber in ihrem Wahn ihre Natürlichkeit verlieren, erkennen sie nicht. Mit 20 ist der Körper in der Regel geschmeidig, muskulös und fit – sofern nicht übergewichtig oder krank – und das wird als Selbstverständlichkeit angenommen. Mit zunehmendem Alter schwindet die Optik. Der absolute Wahn ist, wenn Männer mit 70 diesen Körper wiedererlangen wollen und auch vor einer Schönheitsoperation zur Zielerreichung nicht zurückschrecken.

Das kann man nun wirklich nicht glauben, meine Damen.

Seine Frau kommt vom Einkaufen und er fragt hast du auch die Gurken mitgebracht?" Er mag keine Gurken. Er braucht diese für seine Schönheit. Er legt sich abends für eine Stunde geschnittene Gurkenscheiben auf sein Gesicht. Seine Frau muss schon Tabletten nehmen. Sie bekommt es mit den Nerven, wenn sie ihn so sieht. ‚Und mit so einem habe ich zwei Kinder', denkt sie. Gottseidank sind die Kinder schon aus dem Haus. Frauen sind in dieser Situation nicht zu beneiden.

Fotomodelle hungern sich zu Tode, Bodybuilder können aufgrund ihrer Körpermaße kaum noch gehen, 80-jährige Frauen lassen sich zum wiederholten Mal das Gesicht liften, 60-jährige Männer lassen sich ihre Falten um die Augen wegspritzen.

Und so passt die Kombination bei den verrückten Männern mal wieder: Eitelkeit und Körperkultur.

Wer will schon alt aussehen? Ältere Männer legen sich unters Messer für eine Lidstraffung oder ein komplettes Facelifting. Falten waren früher kein Thema, weil das Gefühl bedeutender war für das Selbstbewusstsein. Aber heute müssen Falten nicht sein. Ja, die Haut verliert natürlich an Elastizität, und Falten um den Mund und vor allem um die Augen belasten dann. Die Haut verliert an Glätte und Jugendlichkeit. Wie gut, dass es Facelifting gibt! Wie erwähnt, spielen Kosten keine große Rolle, und so macht man einen Termin.

Wenn er dann mit seiner Frau spazieren geht, glauben die Leute, er ginge mit seiner Mutter, obwohl sie beide gleichalt sind. Seine Frau passt eigentlich nicht mehr zu ihm. Das Problem ist, wenn er glaubt, dass er sich jetzt eine Jüngere sucht, hätte er gewonnen. Ein Irrtum!

Er ist 68, und sie gerade 29.

Die erste Nacht war ein Fehlschlag.

Die junge Dame sah sein frisches Gesicht, aber als sie ihn nackt sah, lief sie schreiend aus dem Zimmer. Sein Bauch schwabbelte, war mehr als faltig, graue Haare auf der Brust, und ganz unten hätte man auch mit einer Lupe nichts gefunden. Die Enttäuschung war sehr groß. Hier hilft kein Facelifting. Aber irre Männer sehen das nicht in ihrem Wahn.

Anscheinend spielt auch das Risiko keine Rolle beim Facelifting. Es kann zu Haarausfall und Infektionen kommen. Haarausfall ist für die meisten kein so großes Risiko. Aber schwer zu erkranken ist doch ein Albtraum.

Die größte Sorge dieser Männer: Mein Penis ist zu klein. Der Mann weint, wenn da nur noch 10 cm in erigiertem Zustand erscheinen.

Wie soll ich eine Frau glücklich machen, denkt er ratlos.

Auch bei dieser Unannehmlichkeit spielt Geld keine Rolle. Man bekommt sogar einen Kredit bei der Bank für derlei Wahnsinnsspielereien. Einfach mal beim Schönheits-Institut anfragen.

Sicher es gibt's Hilfsmittel …

Ein großes Geschäft für die Industrie. Kennen Sie: Penishüllen zur Penisverlängerung und Erektionssteigerung, Penis Extender mit einer Hodenmanschette, Penis-Manschette aus Silikon eine Liebeslanze mit Hodenschleife, Penisverlängerung bis 7 cm. Nie gehört?

Dann fragen Sie mal irre Männer.

Wissen sollte man, dass der Penis das beste Stück des Mannes ist, sein Heiligtum. Männer sind da sehr sensibel. Tägliche Pflege ist Pflicht. Und immer wieder die kritische Frage: Ist er auch groß genug? Man sagt, im erigierten Zustand sollte er 12 bis 17 cm lang sein. Männer mit 30 cm müssten in einem Wanderzirkus ausgestellt werden. Wenn irre Männer Pornos sehen, weinen Sie immer. Warum? Fragen Sie mal Frauen.

Wussten Sie, dass es verschiedene Penisformen gibt?

Schief – gerade – Kegel – Banane – Pilz.

Irre Männer geben ihrem Penis auch einen Namen: Zauberstab, kleiner Freund, Admiral, Hänger, Apparat – Ast. Meine lieben Leser, ich kann verstehen, wenn Sie jetzt lachen oder eine Pause brauchen. Bei alten Männern könnte man auch, wenn man böse ist „faules Obst" sagen.

Finde ich unglaublich.

Manche haben sich vorne am Penis sogar einen Stein angebunden, dass er ja größer wird. Bringt aber nix. Er wird zwar etwas länger, aber er ist dann so schlaff, dass er nicht mehr zu gebrauchen ist. Schade, und Frauen bekommen Migräne aus Enttäuschung.

Warum lachen jetzt die Frauen? Kennen Sie so etwas?

3.000 Penisverlängerung werden in Deutschland vorgenommen.

Nach Aussagen von Medizinern, kann man einen Penis nicht deutlich verlängern. Diese Aussage ärgert irre Männer sehr. Und so greift man zu anderen Mittel, wie Cremes und Pillen und ja, es gibt auch ein Penisgewicht, wie schon erwähnt. Sollte der Mann aber nur zu Hause tragen. Er könnte auf der Straße sonst immer nur leicht nach vorne gebeugt gehen. Das Gewicht zieht ihn nämlich etwas nach vorne. Derart irren Männern ist das aber egal.

Liebe Leser, beobachten Sie jetzt man mal Männer auf der Straße, wie sie gehen …

Ich gebe zu, das nicht ganz ernst gemeint.

Und irre Männer spielen mit ihrem Penis. Sie ziehen daran länger und immer länger, lassen ihn zurückfallen. Nutzt aber auch nix. Er wird nur rot, und das Wasserlassen kann schmerzen. Ergibt also keinen Sinn.

Es gibt sogar Fälle, in denen diese Männer eine starke brennende Creme benutzt haben. Nach 5 Minuten hörte man Schreie im Haus. Sein Penis war feuerrot, als ob er in Flammen stünde. Er musste Wasser darüber schütten. Das Resultat: Er war nach dieser Anwendung noch kleiner, und vorne war er angebrannt und schmerzte höllisch.

Fazit: Dem Wahn der Verrückten folgt die gerechte Strafe.

Übrigens nach Aussage von Frauen ist die Größe des Penis gar nicht so wichtig. Es gibt bei einem kleinen Penis verschiedene Stellungen. In Fachkreisen, also bei Frauen, sollen diese Begriffe bekannt sein: die Sphinx-Super G – Rückenakt – die stolze Königin – der Schmetterling – der Delfin – der gefallene Engel.

Noch ein Übrigens: Das sind keine Bezeichnungen aus einem Märchenfilm.

So das dürfte reichen.

Liebe Leser, wenn jetzt verrückte Männer lachen, dürfen sie sich nicht wundern. Irre Männer können sich diese Namen einfach nicht merken. Sie versuchen es einfach. Der Liebesrausch hat sie gepackt. Er hat sogar seine Socken angelassen. Sollten Katzen in dem Raum sein, werden sie flüchten. Katzen mögen keinen Käse. Und wenn es nicht klappt, müssen sie halt weinen. Dann sollten Frauen aber nicht lachen. Denn auch irre Männer erleben Enttäuschungen in ihrem Leben.

Und sie rufen den lieben Gott an „Warum habe ich einen so kleinen Penis?"

Und Gott antwortet: „Ich habe ihn deinem Gehirn angepasst."

Warum ist Gott so böse zu diesen armen Männern? Ein Grund für die Enttäuschung könnte sein, dass Männer eigentlich von Sex keine große Ahnung haben. Der dumme Spruch dieser Männer: „Ich kenne die Frauen" stimmt einfach nicht. Was weiß er denn? Kennt er den Lustpunkt der Frau? Nennt sich G-Punkt.

Fragen Sie mal den verrückten Mann. Antwort: „Ich kenn den Elfmeterpunkt."

Und Frau möchte, dass er beim Sex auch mal laut wird. Unmöglich! Die Frau wird sauer. „Los jetzt, schrei mal vor Lust. Sage jetzt was Schmutziges, los." Der irre Mann ist am Ende.

Man muss sich eigentlich nicht wundern, dass Männer verrückt werden. Einer der Gründe liegt darin, dass Frauen Männer oft nach ihrem Äußeren bewerten. Und es gibt Unterschiede in der Lebensweise, die genauso kritisch gesehen werden.

Dann kennt man noch den Egoisten, der denkt die ganze Welt gehöre ihm. Er hat stark ich-bezogene Charakterzüge.

Weiterhin gibt es das oft belächelte ‚Muttersöhnchen'. Er ist eigentlich sehr hilfsbereit, entgegenkommend und sehr liebevoll. Er leidet nur stark unter den Einflüssen des Elternhauses. Mit 40 wohnt er oft noch immer bei den Eltern oder zumindest bei der Mama. Sie können sich nicht vom Zuhause lösen. Ziemlich schwierig: Seine Freundin müsste gewisse Züge seiner Mutter haben. Interessant ist, dass sie oft starke Frauen suchen, bei denen sie Halt finden und sich geborgen fühlen. Man sagt, böse Frauen würden das ausnutzen.

Kennen Sie den Romantiker? Sie leben oft in ihrer eigenen Welt. Er schwärmt am Anfang einer Beziehung. Die reale Welt passt ihm eigentlich nicht. Tauchen wirkliche Problem auf, schiebt er die Schuld gerne auf die Frau. Diese Männer sind im Kern sehr empfindliche Typen und in jedem Fall mit Vorsicht zu genießen.

Betrachten wir noch den Typ ‚ewiger Junggeselle'. Für Frauen eigentlich interessant, denn er ist ja noch zu haben aber. Doch er lässt sich schlecht auf feste Beziehungen ein. Er umschwärmt die Frauen, flirtet auf Teufel komm raus, und das kann er sehr gut. Er umflattert sie wie ein Schmetterling eine Blüte. Der Typ ist für Frauen schwer zu durchschauen.

Vorsicht ist angebracht! Er küsst seine momentane Freundin und schielt währenddessen bereits auf deren Freundin.

Dann haben wir da noch den ‚Aufreißer'. Er ist der ganz irre Männertyp. Meine lieben Leserinnen, bei dem ist größte Vorsicht geboten. Der Mann ist *wirklich komplett* irre. Ein Super-Talent im Flirten. Sein extrem ausgeprägtes

Selbstbewusstsein kennt keinerlei Grenzen. Er hat einen Plan. Der geht sehr bewusst auf die Jagd. Keine Frau ist vor ihm sicher. Er kennt alle Spielregel, kann sehr charmant sein, spielt den Macho außerordentlich gekonnt. Frauen fühlen sich geschmeichelt, wenn er ihnen seine Aufmerksamkeit zuwendet.

Sollte er eine weitere Frau gesehen haben, die noch mehr nach seinem Geschmack ist, spielt er gern ein doppeltes Spiel.

Allerdings, wenn die Frau merkt, dass sie manipuliert wird, verliert er sein Spiel ganz schnell und ist unten durch. Es nutzt ihm dann auch seine Eitelkeit nicht. Aber dass es eine große Spielwiese für ihn gibt, betrachtet er als ganz großes Glück und gibt sich daher nicht lange seiner gekränkten Eitelkeit hin.

Leider muss ich sagen, dass genau *dieser* irre Typ nur zu gerne und viel zu oft verallgemeinert wird. Da heißt es dann: „typisch Mann". Nur das stimmt eben nicht, wie wir jetzt feststellen.

Männer an sich sind einfach zu verstehen. Manche behaupten, Männer seien einfältig. Das stimmt aber auch nicht.

Besonders interessant ist, dass sie den Frauen unter allen Umständen imponieren möchten. Beispiele: Im Winterurlaub springen sie nackt aus der warmen Stube draußen in den tiefen Schnee. Für ihn kein Problem, denkt er, schließlich ist er ja abgehärtet. Drei Tage später muss seine Frau den Notarzt rufen. Er liegt mit 40° Fieber flach, und hat den Tod vor Augen.

Ein anderer verrückter Mann leidet schon seit Jahren an Asthma. Er hat in seinem Leben deswegen nie Sport getrieben. Plötzlich ist er anscheinend irre geworden. Er hat sich Turnschuhe gekauft, um seiner Frau zu beweisen, dass er noch nicht zu alt ist. Auch ‚typisch Mann'! Sein Versuch, 100 Meter zu laufen, scheitert kläglich. Nach 20 Metern fiel er einfach um. Bekam keine Luft mehr. Gottseidank war gleich Hilfe da. Er wurde gerettet. Man sagt, er hätte die neuen Turnschuhe bei einer Sammlung dem Roten Kreuz mitgegeben.

Man kann nicht umhin, auch den Stammtisch der Männer anzusprechen. Eine Gemeinschaft, bei der die Anwesenheit von Frauen streng verboten ist. Das hat seinen Grund, weil die Männer unter sich sein wollen. Sie müssen sich aussprechen können, und Frauen sollen das nicht hören. Männer könnten zu Hause Ärger bekommen. Und warum?

Man könnte sagen, dass es meist irre Männer sind, die da miteinander reden. Manchmal behaupten sie, unterdrückt zu werden. Zu Hause gibt es z. B. keinen Tropfen Alkohol. Doch am Stammtisch fühlen sie sich frei. Ein Bier und noch ein Bier und noch einen Schnaps. Da ist die Welt der Männer sofort wieder in Ordnung. Und natürlich wird gelästert über Sport und vor allem über Politik. Man hat keine Angst, jeder kann austeilen und wird beleidigt.

Männer am Stammtisch sind wie kleine Kinder. Sie erzählen von ihrer Schul- und Jugendzeit. Es wird gelogen, dass sich die Balken biegen. Derbe Männerwitze machen die Runde. Das Thema Frauen bleibt hiervon nicht verschont. Bei dieser Sorte von irren Männern sind alle Frauen doof und geil, vor allem die blonden. Wenn Frauen das hören würden …! Die Männer bräuchten nicht nach Hause gehen, sie wären obdachlos.

Und selbstverständlich war jeder von ihnen in allem der Beste, jeder hatte die schönste Freundin. In welchem Zustand müssen sie sich befunden haben, als sie ihre Ehefrauen fanden?

Wenn man manche der Frauen heute betrachtet.

Last but not least war selbstredend jeder von ihnen der beste Liebhaber. In der Hose tragen sie 30 cm, und jede Nacht lassen sie es mehrfach krachen.

Komisch: Manche dieser irren Stammtisch-Männer gehen schon nach kurzer Zeit auf die Toilette ...(?) Sie brauchen dann auch ihre Tablette. Die Prostata macht wieder Probleme.

Andere schlucken eine Schmerzpille. Die Arthrose bereitet Schmerzen.

Alle wieder am Tisch, da kommt schon die nächste Runde Bier. Vielleicht singen sie ein paar schweinische Lieder? Manches Auge glänzt verräterisch. Sind das Tränen in den Augen? Na ja, bei manche vom Lachen. Andere haben sich in eine zu enge Unterhose gezwängt, und das schmerzt irgendwann teuflisch.

Männer haben auch keinen Führerschein mehr; zumindest nicht dabei, wenn sie unterwegs sind. Sie bilden eine Fahrgemeinschaft, und die Taxifahrer kennen die Irren und freuen sich immer über ein üppiges Trinkgeld. Schöne heile Männerwelt. Klar, dass hier Frauen stören würden. Allerdings rächen sich die Frauen.

Es gibt Mördergeschichten über Frauenstammtische. Männer würden bitterlich weinen, wenn sie wüssten, was Frauen sich da erzählen. Und sie werden ausgelacht. Nix für schwache Männer, die bekämen Komplexe! Männer aus Afrika, dass wäre was für eine Nacht … Selbst irre Männer würden sich hier schämen. Das ist auch ein Grund, warum Frauen für Männer immer ein Geheimnis bleiben.

Lassen Sie uns über die Mode der Männer reden. Früher kein Problem, vom Modewahnsinn waren sie damals noch weit entfernt. Doch was trägt der Mann von heute? Eine gute Frage. Es gibt Regeln in der Modewelt. Eine davon: Ab 35 sollte der Mann ein *wirklicher* Mann sein. Die Kleidung muss zu seinem Alter passen, sonst macht er sich lächerlich. Aber auch bei dieser Frage stoßen wir auf die irren Männer, die immer jung bleiben wollen, sie bleiben vielleicht sogar wie ein Kind, aber unbedingt cool muss es sein.

Warum haben die Herren aufgehört. sich im Erwachsenenalter entsprechend zu kleiden? Sie kleiden sich heute wie Teenager. Passt nicht? Doch, bei den irren Männern passt das. 75 Jahre alt, und sie tragen Löcher-Jeans, ein verschlissenes Jeanshemd und Schuhe ohne Schnürsenkel. Oder sie sind 65, gehen schon am Stock, und trotzdem kleiden sie sich mit einem auffälligen T-Shirt mit der Aufschrift: *Ich bin ein cooler Typ.* Dazu wie erwähnt, verwaschene Jeans, unten zu kurz bei Kleidergröße 56. Männer glauben, das sähe cool aus, aber die Frauen belächeln sie. Sich so aufzubrezeln ist eher eine Art „Frauenabstoßer".

Noch ein Beispiel: Er ist Anfang 80, und man trägt in seinem Alter einen großen Nietengürtel. Er hat Beine, wie dürre Stelzen, aber der Gürtel musste diese Größe haben. Das sieht gar nicht irre aus am irren Mann.

Groß in Mode: Riesengroße Uhren. Der Mann ist nur 1,55 groß, aber die Uhr hängt schwer über dem Handgelenk. Das muss so sein, denn man(n) muss auffallen. Und ein anderer ist 1,90 groß, Lebendgewicht über 2 Zentner, und der irre Mann trägt eine rote Jogginghose, dazu braune Cowboystiefel geschätzte Größe 60. Auf der Straße wechselten Fußgänger die Seite. Die Hose zu groß gekauft, sein Hintern verliert sich in der Hose, und im Schritt hängt die Hose durch und schleift hinten auf der Straße. Man könnte weinen, wenn's nicht eigentlich zum Lachen wäre. Aber ihm ist's scheinbar egal. Auch irre!

Ältere Herren kennen sie noch, die schöne, alte Rock 'n Roll- Zeit. Damals waren schwarze Lederhosen große Mode; vorne ausgebeult. Klar, mit 20 konnte man sich so zeigen. Aber heute? Der totale Wahnsinn! Männer Ende 60, so breit wie hoch, kaum noch Haare auf dem Kopf, einen grauen Dreitagebart, und nun trägt der Irre wieder die schwarze Lederhose, dazu extrem spitze Schuhe. Die Füße werden vorne eingequetscht …, aber ist alles kein Problem. Man muss cool sein, um den jungen Damen zu gefallen. Die jungen Frauen kicherten.

Mit 20 ist das super – und jetzt? Seine Frau geht nicht mehr mit ihm. Die Hose ist jetzt vorne flach. Ganz Irre würden sich vorne eine Banane in die Hose stecken. Kaum zu glauben? Könnte aber bei solchen Männern stimmen. Sie glauben, Frauen würden davon geil. Das Gegenteil ist der Fall. Frauen könnten lesbisch werden. So irren sich diese Verrückten.

Es gibt diese Männer, liebe Leser.

Lassen Sie uns noch ein heikles Thema ansprechen. Das betrifft Männer und ihre Krankheiten. Ja, es gibt internationale Studien, die belegen eindeutig, dass Männer große Angst vor dem Besuch beim Arztes haben. In ihrem Wahn fühlen sie sich unangreifbar. Sie sind stark. Krankheiten kennen doch überwiegend die Frauen. Klar, denn Frauen sind das schwache Geschlecht.

Aber das ist ein großer Irrtum. Die Meinung der Männer: „für so was habe ich keine Zeit", „das geht schon wieder weg", „ich nehme einfach Tabletten". Trotz Schmerzen gehen viele dieser verrückten Männer nicht zum Arzt, weil sie *doch* Angst haben. Sie geben es nur nicht zu.

Einer der Gründe: sie haben schlicht Angst vor der Diagnose. So klein das Unbehagen, der Schmerz und Pein auch sein mag, die sie quält, es könnte doch was großes Böses dahinterstecken. Deswegen spielen sie alles runter und fürchten sich im Innern schrecklich; es könnte ja auch ‚Krebs' sein, womöglich mit baldigem Ende ihres geilen (irren) Lebens. Erst recht gehen sie nicht zum Urologen; oder nur unter Zwang. Immer ein Drama. Er hat nur davon gehört, dass der Doktor seinen Finger hinten reinschiebt ... Grauenvoll! Das möchte er aber lieber nicht. Und was soll das auch?

Oder fragen Sie mal Zahnärzte. Ein Mann ist Bodybuilder, aber beim Zahnarzt mutiert er wieder zum Kind: „Herr Doktor, müssen Sie bohren?" Und schon hat er Tränen in den Augen. Zuvor prahlte er bei seiner Frau: „Kein Problem."

Ja, so sind die verrückten Männer. Was Frauen denken, sollten Männer besser nicht wissen. Es stimmt doch: Frauen sind das *stärkere* Geschlecht.

Schon die Wörter ‚Arzt' und ‚Krankenhaus' lösen eine stille Panik bei Männern aus, und sie stellen sich taub. Tatsache ist, dass es in der Regel meistens die Frauen sind, die ihre Männer in die Arztpraxis schicken. Ist die Frau sehr groß und verfügt über einen gewissen Umfang, während er sehr schmächtig daherkommt, dann wird er einfach zum Arzt *geschoben*. Vielleicht rührt daher die Ansicht, dass schmale Männer meist gesünder sind als dicke? Könnte stimmen. Die Verrückten können sich 2 Stunden im Regen ein Fußballspiel ansehen, aber haben keine 60 Minuten, um zum Arzt zu gehen.

Obendrein sind Männer so empfindlich. Im Wartezimmer hört man sie Gespräche über Krankheiten führen. Unglaublich, was man da hören kann! Manche scheinen bereits tot im Wartezimmer zu sein, andere nehmen sich ihr Gebiss aus dem Mund, weil es drückt. Der eine oder andere ist ganz gelb im Gesicht, hat vielleicht eine ansteckende Krankheit und andere wiederum husten, womöglich Keuchhusten, und ein älterer Mann spricht von seinen Problemen mit der Prostata. Hinzu kommt, dass die meisten Männer immer keine Zeit haben. Befragungen haben ergeben, dass Männer geradezu abgeschreckt werden von den zu langen Wartezeiten.

Männer haben ein anderes Körpergefühl als Frauen. Das ist ja an sich nix Neues. Sie ertragen lieber ihre Schmerzen. Irre Männer wollen nur kein Gefühl nach außen zeigen.

Sie sollten keine Angst haben. Ärzte können sich Zeit nehmen und werden Ihnen auch zu hören. Es ist bekannt, dass es bei Männern auch zu Ausfällen kommen kann, wie z. B. plötzliches unkontrolliertes Weinen. Kein Mann muss sich deswegen schämen. Scham ist fehl am Platz, wenn er mit seinen Beschwerden möglicherweise auch mit seinem Leben spielt.

Hier sollten auch verrückte Männer sich mal zusammennehmen und den Arztbesuch nicht scheuen. Es geht auch um ihr Leben.

Ältere Männer, die Angst vor dem Alter und ihre ausgefallenen Hobbys. Man kennt den Spruch: Jung und fit ist keine Frage des Alters. Es kommt auf die persönliche Einstellung an. Viele Männer haben große Probleme, wenn sie im Rentenbezug sind. Meist werden sie schneller krank und sterben auch früher. Ihr ganzer Lebensinhalt war ihre berufliche Tätigkeit. Wenn die wegfällt, stürzen sie in ein dunkles Nichts. Verständlich.

Jeder Mensch sollte beizeiten ein Hobby haben. Man braucht eine Abwechslung auch schon in der oft eintönigen Arbeitswelt. Beziehen sie nur noch Rente und haben viel Zeit, kommen sie sich oft überflüssig vor. Sie verlieren die Neugierde auf das Leben. Dabei ist es wichtig, auch im Alter seine Neugierde zu erhalten. Hier sind verrückte oder auch irre Männer gefragt. Eine Vielzahl von Lebensjahren ist nicht gleichbedeutend mit ‚alt sein'. Alter bedeutet einen reichhaltigen Erfahrungsschatz; den zu erhalten erfordert, seinen Geist wach zu halten.

Auch im Alter kann man noch Neues beginnen.

Manche suchen eine junge Frau.

Das ist aber ein Fehler.

Verrückte Männer haben oft eine solche Einstellung. Sicher gibt es auch Ausnahmen. Da werden die alten Herren dann mit 78 noch einmal Vater. Seine Frau mit ihren 26 Jahren hat dann schon ausgesorgt, aber er müsste eigentlich zu einem Nervenarzt. Und sein Kind weint und stellt Fragen. „Mama, warum habe ich keinen Papa. Immer ist der Opa da." Andere Kinder in seinem Alter spielen Fußball. Nein, das Kind geht in den Karateunterricht. Es muss sich in der Schule wehren. Er wird ausgelacht, weil er keinen Papa hat, sondern immer der Opa in die Schule kommt. Arme Kinder sind das, nur die verrückten Männer erkennen dies anscheinend nicht. Eigentlich schade.

Meist stammen diese Kinder aus einer zweiten Beziehung. Die Frauen sind meist wesentlich jünger. Diese älteren Männer haben selbst schon erwachsene Kinder. Sie werden in der Gesellschaft belächelt. Gerade Geschlechtsgenossen der gleichen Altersklasse lächeln oder lästern über sie.

Man sagt, dass diese Männer mit dem Alter nicht zurechtkommen.

Ist er eine Witzfigur? Der stolze Papa in Jeans und Lederjacke und mit Cowboystiefeln hat letzte Woche seinen 70. Geburtstag gefeiert. Die Lederjacke ein Geschenk seiner Frau. Unterwegs werden sie angesprochen. „Sie haben aber eine schöne Tochter." Er lächelt verlegen. Noch schlimmer. Er möchte im Hotel ein Doppelzimmer buchen. Er hat dabei Probleme. „Entschuldigung, ist Ihre Tochter nicht schon zu groß?" Man könnte oder sollte diese Männer dann als *irre* bezeichnen.

Es gibt eindeutige Studien, dass es einen Zusammenhang gibt zwischen dem Alter des Vaters und der Intelligenz des Kindes. Es gibt weitere Studien, dass Autismus beim Nachwuchs älterer Väter häufiger vorkommt. Diese verrückten Männer sollten mal bedenken, wie alt sie sind, wenn das Kind erwachsen wird. In vielen Fällen erlebt er diese Zeit altersbedingt nicht mehr, oder er könnte bereits ein Pflegefall sein. Viele Gründe, dass diese Männer in der Gesellschaft Schwierigkeiten haben, akzeptiert zu werden. Es gibt aber diese Männer.

Übrigens: Je mehr man seine Falten zählt, umso

älter sieht man aus. Und so wird auch das Gesicht lebloser. Eine negative Einstellung sieht man auch im Gesicht. Eine positive Einstellung zeigt sich ebenso im Gesicht. Lachen hilft! Denken Sie daran, es gibt Menschen, die sind mit 30 alt, und es gibt Menschen im Alter von 70 oder 80 Jahren, die noch rundum fit sind.

Lesen Sie weiter, und zwar von den sportlichen Aktivitäten der verrückten Männer.

Es gibt diese Sorte Männer, die das Abenteuer suchen. Bei manchen muss man wirklich sagen, dass sie irre sind. Mit 77 buchen Sie einen Tauchurlaub in Ägypten! Er trägt aber schon seit vielen Jahren Stützstrümpfe wegen einer Bindegewebsschwäche.

Haben Sie schon mal 65-jährige Männer auf einem Skatboard gesehen? Ja, gibt es! Die passenden Knieschützer, und er zeigt seinem 10-jährigen Sohn, wie man sich besser in der Luft drehen kann. *Der* Wahnsinn!

Aber seien Sie ruhig verrückt. Genießen Sie Ihre positive Einstellung. Es ist nie zu spät. Tun Sie das, was Ihnen gefällt. Die Ansichten anderer Menschen sollten Sie nicht interessieren. Vielleicht, sagen Sie, der ist verrückt. Alter und Verrücktsein passt durchaus zusammen. Denken Sie daran. Es ist Ihr Leben. Suchen Sie offene, neugierige Menschen. Teilen Sie mit Ihnen Ihre Lebensfreude. Es hilft, glücklich alt zu werden oder zu sein.

Wenn man sagt, der muss irre sein, dann lesen sie hier was der Wahnsinn ist. 78 Jahre und ein Fallschirm Tandemsprung! Fallschirmspringen ist ein Erlebnis pur. Beim Absprung steigt der Puls. Kenner sagen, man sollte vor dem Start zum Fallschirmspringen auf die Toilette gehen. Der Blick nach unten beim Absprung, könnte unangenehme Folgen haben. In einem rasanten Tempo rast man der Erde entgegen. Bitte nehmen Sie einen sehr erfahrenen Fallschirmspringer mit. Sie hängen im wahrsten Wortsinne mit Ihrem Leben an Ihm. Schlimm wäre es, wenn Sie bei Ihm Schulden hätten, er könnte Sie ausklinken. Nein, wird er vermutlich nicht. Aber dieses Erlebnis ist unvergesslich für Sie. Ja, es ist (auch) in diesem Alter der pure Wahnsinn.

Kennen Sie Cliff Diving?

Klippenspringen ist eine Sportart, bei der man von Felsklippen aus über 10 und bis zu 28 Meter ins Wasser springt. Seit 1997 finden hierzu internationale Wettkämpfe statt. Teilnehmer im höheren Alter sind keine Seltenheit. Ob man als verrückter oder irrer Mann teilnehmen sollte? Beim Eintauchen werden die Muskeln am Hals und der Schulter stark beansprucht. Nicht jeder sollte daher mit 70 oder älter diesen Sport betreiben. Man sollte eine gewisse Erfahrung haben.

Der Spruch eines Verrückten: „Ich bin früher auch vom Einmeterbrett gesprungen" reicht hier nicht. Nur verrückte Männer schlagen alle Warnungen in den Wind. Manche dieser Männer liegen nach einem solchen Sprung mit Prellungen und blauen Flecken zu Hause im Bett. Sie sind statt mit den Füssen nach vorne mehr mit der Seite aufgeschlagen. Und die Frau musste eine Schnabeltasse kaufen. Er konnte keine Tasse halten.

Mit fast 80 Jahren läuft man im Winter in kurzen Hosen. Früher hatte er stramme Muskeln – und jetzt? Kann man nicht beschreiben. Dafür gibt es eigentlich keine Worte. Ist das noch Sport? Der Mann läuft in kurzen Hosen bei minus 10 Grad im Schnee, und es macht ihm Spaß, unterwegs anzuhalten, und er schlägt dann 5 Purzelbäume hintereinander. Das kann nicht wahr sein! Doch, solche Wahnsinnigen gibt es.

Das Fahrrad kommt wieder mehr in Mode. Der starke Autoverkehr, verstopfte Straßen sind gute Gründe für den Umstieg, und so sucht man dann mit dem Fahrrad auch Auswege, um schneller voranzukommen. Das war früher auch mehr ein Sport für junge Männer. Man nahm an Wettbewerben teil. Die Tour de France, die Krönung im Radsport, war für manchen ein Traumziel. Man kann vermuten, dass ältere Männer auch Hörprobleme haben, denn sie glaubten, dass wäre auch ein Sport für die ältere Generation. Sie hatten zwar Schwierigkeiten auf das Rad zu steigen, sie fuhren in der ersten Kurve gegen die Hauswand – aber alles kein Problem. Sie leerten ihr Sparbuch und kauften ein Rennrad plus passende Kleidung.

Meine Leser, Sie müssen stark sein! Haben Sie schon diese Gruppen auf der Straße gesehen? Man glaubt, diese irren Männer kommen vom Zirkus. Es gibt alle Farben. Die Krönung sind die Helme, auch hier alle Farben und Größen. Manche sind zu groß, sie rutschen vorne ins Gesicht. Und dann die Brillen ... Die verdecken fast das ganze Gesicht. Eigentlich sollte man nicht lachen. Aber sie verdecken sogar die

Falten im Gesicht. Der wirklich groteske Anblick jedoch sind die alten Männer in Strampelhosen. Die Radsporthosen sind hauteng und sehen aus wie eine Art Strumpfhose, die sich an die knorrigen Beine schmiegen. Es wurde beobachtet, wie diese Männer einen Dritten tragen mussten. Er hatte Krämpfe in den Beinen. Die Leute auf der Straße zückten ihre Smartphones. Das gab schöne Fotos.

Zuschauern liefen die Tränen vor Lachen über die Gesichter. Beine wie Streichhölzer staksen durch die Gegend, und bei anderen spannt die Hose, dass man die dicken Krampfadern sehen kann.

Gut durchtrainierte Radfahrer können am Tag über 100 Kilometer fahren. Diese Irren jedoch kennen nur die nächsten Wege zur Kneipe, meist nur einige Kilometer entfernt. Man braucht schließlich Erholung. Das Pils schmeckt und auch der Schnaps. Und bei dieser Gelegenheit werden die Frauen, die zu Hause sitzen, betrogen, glaubt er jedenfalls: Der kluge Mann hat immer ein Pfefferminz dabei; wegen dem Alkoholgeruch. Zu Hause erscheint er mit frischem Atem, und erzählt seiner Frau die unglaublichsten Geschichten. 80

Kilometer seien sie gefahren und hätten Steigungen von mindestens 20 Prozent bewältigt. Dumm nur ..., er konnte seiner Frau die Frage nicht beantworten, warum er eigentlich nicht abnimmt und immer noch einen dicken Bierbauch vor sich her schiebt, bei dem vielen Sport, den er treibt.

Und so haben diese Männer doch ihr Spiel verloren.

Wissen Sie, was Männer besonders lieben? Sicher, werden Sie sagen. Natürlich seine Frau. Ja, das stimmt. Aber er hat auch eine Geliebte. Sie fährt auf vier Rädern und nennt sich Auto. Auch hier herrscht der Wahnsinn. Autos haben für Männer fast den gleichen Stellenwert wie Sex. Man könnte glauben, Autos sind menschenähnlich.

Verrückte Männer können ein Verhältnis zu ihrem Auto aufbauen. Unglaublich, aber das gibt es. Das Verhältnis des Menschen zu seinem Auto kann sehr intensiv sein. Der Irre sagt zu seinem Freund „Ich sage dir, dein Auto sieht aus wie deine Frau. Langweilig. Mein Auto pflege ich jeden Tag. Weißt du, warum? Es ist meine Geliebte."

Irre Männer weinen, wenn sie von ihrer Frau folgenden Satz hören: „Ich fahre heute mit zu deinem Stammtisch. Du trinkst zu viel." Ein Grund für den Mann, an Selbstmord zu denken. Mit der Gattin in Begleitung beim Stammtisch aufzulaufen, ist das Aus für ihn bei seinen Stammtischbrüdern. Unterwegs muss er sich dann noch anhören: „Karl, jetzt brems endlich. Du fährst zu nah auf" oder noch schlimmer „ich glaube, du solltest deinen Führerschein doch abgeben, oder bist du farbenblind? Die Ampel stand auf Rot." Früher hätte er Rot *gesehen*. Jetzt will er nur seine Ruhe. So werden Männer lustlos und irre.

Das ist der Beweis.

Und eine andere Kategorie dieser verrückten Männer wollen wir nicht vergessen. Mit 16 Jahren bekamen sie das erste Mofa. Klar, frisiert natürlich. Das musste sein! 80 fuhr das Gerät dann. Der Auspuff wurde abmontiert. Schwerhörige Frauen konnten sogar wieder hören. Hunde und Katzen waren auf der Straße nicht mehr zu sehen.

Jetzt, mit 70 Jahren auf dem Buckel, benötigt man einen Stock beim Gehen. Aber man hat noch immer seinen alten Führerschein.

Motorrad kann man damit fahren. Und er hat auch das Geld dafür … Was jetzt? Alles in Leder! Cowboystiefel Marke Wahnsinn! So spitz vorne! Eigentlich waffenscheinpflichtig. Und der Hammer ist der Lenker. Er ist nach hinten gebeugt, vorne eine Gabel, da müssten kleine Fahrer im Stehen fahren.

Der Irre dachte, er hätte das Feeling noch. Unterwegs schnitt er galant die Kurven. Die Leute wollten schon die Polizei rufen. Er hatte nämlich einen Teil eines Holzzaunes abgerissen. Spielte keine Rolle.

Er dachte jetzt, die jungen Weiber werden geil. Irrtum. Eine ältere Dame hatte ihn angesprochen: „Würden Sie mich mitnehmen? Er dürfe sich auch was von ihr wünschen." Sein Gesicht fror ein. Er bräuchte Herztabletten. Für längere Zeit stand das schöne Gerät dann in der Garage. Später war es in der Zeitung zu finden mit dem Hinweis „zu verkaufen". So ändern sich die Zeiten auch bei den irren Typen.

Wussten Sie, dass Irre unterwegs mit ihrem Auto sprechen? Der Satz: „Jetzt lassen wir es krachen, mein Alter", und er drückt das Gaspedal fast bis auf den Boden durch. Leider hatte er übersehen, dass ein Schild auf 80 km/h als Höchstgeschwindigkeit hinwies. Und so kam eine Zahlungsaufforderung per Post. Er wusste jetzt, dass die Kupplung an seinem 10 Jahre alten Auto noch in Ordnung war. Ein schönes Gefühl. Eine neue Kupplung würde richtig Geld kosten. Vielleicht könnte er dann nur 8 Tage nach Mallorca. Vorgesehen waren aber 14 Tage. Man nimmt alles in Kauf.

Beobachten Sie Männer. Sie legen den Kopf auf die Motorhaube und hören auf irgendwelche Geräusche des Motors. Sie lächeln zufrieden und klopfen auf die Haube „klingt gut".

Andere weinen. Der Motor rasselt. Er wird den Geist aufgeben. So klingt er. 10 Jahre durch dick und dünn ging sein Freund, das Auto. Kratzer stören ihn normal, aber jetzt nicht mehr.

Er musste mit Tränen in den Augen zum Schrotthändler fahren. Was für ein Abschied. Er wollte die Presse nicht sehen. Das wäre zu viel. Und der Schrotthändler: „Sie gehen jetzt besser." Und der Mann umarmte ihn „Danke".

Das Taxi wartete schon. Nein, nicht nach Hause. Direkt in seine Stammkneipe. So einen Verlust muss man ertränken.

Seine Frau musste ihn zu Hause auch noch trösten. Sie hatte zwar kein Verständnis für das rührende Theater ihres Mannes, aber ... was soll's?

Schade, meine Damen. Der verrückte hatte seine Geliebte verloren. Und das Schlimme: Er hatte seinen Talisman im Auto am Spiegel hängen lassen. Eigentlich unverzeihlich.

Ganz schlimm wird es, wenn irre Männer in ihrem fortgeschrittenen Alter Interesse an einem Sportwagen haben. Früher konnte er sich nur einen gebrauchten Käfer leisten. Doch er wusste, eines Tages wird es ein Renner.

Und es kam der Tag.

Er hatte stark zugenommen. Er liebte eben das gute Essen. Das wurde ihm dann zum Verhängnis. Da stand er. Der Wahnsinn: Knallgelb und hinten zwei dicke Auspuffrohre. Beim Anlassen wurden zwei Hunde fast überfahren, so schnell waren diese verschwunden.

Und dann das Drama. Er saß in den Sportsitzen, hatte das Lederlenkrad in seinen Händen. Der Sound des Autos unbeschreiblich. Der Verkäufer: „Herr Fröhlich. Wir können jetzt den Vertrag machen. Kommen Sie bitte mit." Aber:

Herr Fröhlich war hinter dem Steuer eingeklemmt. Es ging nicht vor, nicht zurück. Er bekam schon Atemnot. „Hilfe! Hallo!", rief er. Der Verkäufer sah das Unglück und hatte Angst, dass der Verkauf platzt.

Resultat: Der Meister aus der Werkstatt und sein Gehilfe mussten das Lenkrad ausbauen. Zu zweit wurde Fröhlich herausgezogen. Zum allem Unglück hatte er auch noch starke Schmerzen am Rücken. So bekam ein Taxifahrer eine gute Fahrt.

Der Verkäufer wurde zum Chef gerufen. Kein schöner Tag für ihn.

Der irre Herr Fröhlich bekam von seiner Frau zu Hause einiges zu hören. „Es ist besser für dich, du fährst mit der Straßenbahn. Das ist auch billiger."

Das sind Aussagen einer Frau, bei denen Männer sagen: „Eigentlich hat sie recht. Jetzt kann ich auch wieder mein geliebtes Weizenbier trinken." Man kann dem durchaus Positives abgewinnen. Ist das nicht irre?

Lieben Sie einen schönen Abend? Freuen Sie sich über eine Einladung für ein Abendessen in einem vornehmen Restaurant? Das kann man gut verstehen.

Man wird abgeholt. Frau hat sich geschminkt, ihr schönstes Kleid aus dem Schrank genommen. Gut, Sie stand eine Stunde vor dem Spiegel. Ihre Freundin musste kommen, um sie zu beraten. Aber es hat sich gelohnt. Ein Traum.

Man muss unterscheiden in welchem Alter. Die jungen Damen benötigen diesen Aufwand nicht. Sie haben noch ihre natürliche Schönheit. Vielleicht nicht immer. Für diese Damen reichen Hamburger und Cola.

Aber dann. Die Einladung kam ganz überraschend. Ein neuer Mann trat in ihr Leben. Draufgänger könnte man sagen, aber schon älter, so Mitte 50. Frauen lieben ältere Männer aus unterschiedlichen Motiven. Frau sucht eine Absicherung, da spielt das Alter nicht immer die große Rolle. Andere suchen die wirklich große Liebe. Oder man hat einen Kinderwunsch.

Frau könnte sich in ihn verlieben. Sehr auffallende Erscheinung. Graue Haare, ein sehr gepflegter Bart. Merkwürdig nur: Der Bart war *dunkel*.

Meine Damen! Ein Hinweis: Es könnte sich um

einen Irren handeln. Seine Kleidung ist sehr auffällig. Eine rote Hose, grüne Hosenträger und ein blaues Hemd. Er trägt weiße Turnschuhe. Passt das noch in seinem Alter?

Es spielte an diesem Abend jedoch noch keine Rolle.

Wenn die schöne Frau gewusst hätte, was sie an diesem Abend erwartet … Der Mann, ein Gentleman, hatte natürlich einen Tisch reservieren lassen. Er wusste, dass man der Frau die Tür aufhält. Man sollte auch der Dame aus dem Mantel helfen. Ja, er wusste Bescheid. Gut Mitte 50. Aber … dieses Alter störte ihn vor allem bei seiner jungen Begleiterin. So um die 20 müsste man nochmal sein. Immer diese Etikette im Restaurant!

„Hallo, Herr Ober!" Wie klingt das denn? Was für Tote. Er wollte und musste seiner neuen Flamme zeigen, was hier Sache ist. Immer cool auf dicke Hose.

Schon beim Eintritt ins Restaurant drehten sich die Gäste um. Er dachte, er sei gemeint. Nein, es war seine Schönheit. Seine Begleiterin. Endlose, schmale Beine, der kurze Rock, einfach toll. Der Ausschnitt war gefährlich. Tief. Sie hatte auch einen schönen Busen. Selbst impotente Männer wären erregt bei diesem Anblick. Das war was für erfahrene Männer. Und so fühlte er sich wieder jung. ‚So eine Schönheit passt nur zu mir', dachte er.

Er vergaß sein Alter, er vergaß seine Manieren – und es wurde schrecklich.

Kaum am Tisch, rief er schon „Hey Alter, einfach mal kommen. Hier spielt jetzt die Musik!" Schnellen Schrittes kam der gute Mann. „Ja. mein Herr", und begrüßte höflich seine Begleiterin. Leichtes Stottern war hörbar. Klar, bei so viel Ausschnitt! War auch nur ein Mann. „Bring mal was Scharfes für meine süße Maus. Brauch keine Karte. Zum Einstieg 2 Cognac, aber gut eingeschenkt. Will was sehen, für meine Knete."

Der Ober bekam einen roten Kopf und eilte davon.

Seine junge Dame wurde ganz verlegen. „Meine Liebe, lassen wir es krachen. Ich bin 55, aber ich bin im Kopf und sonst wo noch gut dabei." Er nahm ihre Hand und küsste sie galant. Die Freundin war ganz gerührt. Ja, da kam Freude auf. Die Freundin fand es angenehm.

Hätte sie gewusst ...

Sie nippte an dem Cognac, und er leerte das Glas in einem Zug. Das war zu schnell. Er musste kurz aufstoßen.

Es war schon das dritte Glas, und dann wurde bestellt. Sie wollte nur einen kleinen Salat wegen ihrer Figur. Er bestellte sich ein Rumpsteak nur mit Erbsen.

Merkwürdig. Der Ober war irritiert. Noch nie gehört. Aber der Gast ist König.

Zum Trinken stand ein schwerer Rotwein auf dem Tisch. Hausmarke. War schon teuer genug. Und jetzt zum Angriff auf das Essen. Der Salatteller war eigentlich was für Kinder. Dafür 25 Euro. Zuerst sah er auf seinem Teller sehr viele Erbsen und dann das Fleisch. Das war nur was für den hohlen Zahn.

Er rief den Kellner. „Hallo, sagen Sie mal. Für dieses kleine Stück Fleisch, so viel Kohle. Wie groß war denn das Tier?" Der Kellner darauf: „Das sind hier die üblichen Portionen."

Die Freundin stocherte in ihrem Salat. Sie sagte kein Wort.

Missmutig schnitt er sein Fleisch. Das Tier

musste kurz vor seinem Tod gestanden haben. Er schob Frust. Und doch wurde er wieder jung. 18 oder 20, so fühlte er sich. Die Rotwein Flasche war fast geleert. Seine Freundin nur ein Wasser. Der Wein zeigte schon Wirkung. Er stach mit seiner Gabel in jede einzelne Erbse. „Liebste, versuche mal. Die sind ganz schön hart oder?" Er spielte mit seinen Erbsen auf dem Tisch. Er schnippte sie über die Tischplatte, und sehr erstaunte Blicke an den Nachbartischen huschten zu dem ungleichen Pärchen. Und zack! Eine Erbse fand den Weg in den Ausschnitt seiner Freundin. Sie lachte ganz schrill und bekam einen roten Kopf.

„Darf ich mal suchen, meine Liebe." Die Sprache war schon sehr verwaschen.

Es wurde noch lustiger. An einem Tisch saß ein kleiner Junge. Um die 5 Jahre. Wie er sah, dass der Verrückte mit den Erbsen spielte, kam er an den Tisch und fragte: „Darf ich mitspielen?", und so wurde es ein Kampf, wer am weitesten schießen kann. Es entstand Chaos. Nachbartische wurden getroffen.

Männer schimpften und Frauen lachten. Seine Freundin kicherte ständig, für sie sehr unangenehm. Es entstand Aufruhr. Der

Geschäftsführer wurde gerufen.

„Mein Herr. Bitte unterlassen Sie die Belästigung der Gäste."

Der Wein wirkte. „Mein lieber Herr Direktor. Mehr Zurückhaltung. Bringen Sie mal die Rechnung. Es reicht mir jetzt. Die anderen Gäste hier belästigen *mich*." Die Zunge wurde schwerer. Er sprach jetzt kaum noch verständlich. Seine Freundin senkte den Kopf und hielt sich eine Serviette vor den Mund.

Und das Ende. Er wollte mit seiner Visakarte bezahlen. Keine Deckung. Seine Freundin musste die hohe Rechnung begleichen. Und *noch schlimmer*: Sie musste ihn fast aus dem Restaurant herausschleifen. Gehen war ihm nicht mehr möglich.

Auch das sind irre Männer. Es gibt sie, wie Sie sehen.

Und so werden Frauen enttäuscht und weinen sich bei ihrer Freundin aus.

Eine Frage:

Was halten die meisten Männer vom Tanzen?

Nach Umfragen wenig. Man geht zu Tanzveranstaltungen, meist der Frau zuliebe. Bei manchen Tänzerinnen könnte der Tänzer auch Probleme haben. Ab einem gewissen Bauchumfang der Dame gehen vielleicht Südamerikanische Tänze. Klar, man tanzt ‚auseinander'. Bei einem Walzer würde der Mann schlecht aussehen. Man würde ihn wahrscheinlich kaum sehen, und bei starken Linksdrehungen, könnte er das Gleichgewicht verlieren. So ließe sich kein Preis gewinnen.

Es gab einen ähnlichen Fall. Nennen wir ihn Manfred. Seine neue Freundin war eine begeisterte Tänzerin. Vor allem liebte sie Rock 'n Roll. Klar, bei ihrer Figur! Sie hatte Probleme. Ihr letzter Tanzpartner musste aufhören.

Idee: Ihr Freund kann das auch lernen. Sie probten also. Es lief eigentlich nicht schlecht. Sie meldeten sich schon bei einem kleinen Wettbewerb an. Wahrscheinlich zu früh. Ihr verrückter Freund war nicht sehr begeistert. Bei irren Männern ist das aber trotzdem kein Problem. Männer überschätzen sich gerne …

Und bei dem Wettbewerb geschah das furchtbare Unglück. Vor Beginn klang es sehr euphorisch: „Es wird heute knallen. Bin gut in Form. Die neue Hebefigur sitzt. Wir gewinnen das Ding."

Beide zogen frohen Mutes zum Start. Die Zuschauer klatschten. Aber gleich zu Beginn geschah das Unglück. Er hob sie hoch für einen Überschlag, stolperte, und sie hielt sich an seinen Haaren fest. Oh je, das Ende nahte ... Sie staunte immer, dass ihr Freund so volles Haar hatte, und jetzt das! Sie hielt die volle Haarbracht in ihren Händen. In der ersten Reihe fielen zwei Männer vor Lachen von ihren Stühlen.

Er verlor die Orientierung und er torkelte in die Nähe des Ausgangs. Er konnte nicht mehr, und beide stürzten auf den Boden. Er konnte kaum aufstehen. Sie hatte einen Riss im Oberteil. Ein Stück ihres Busens war sichtbar. Er musste von Männern hochgehoben werden und wurde zu einem Stuhl geführt. Die Leute riefen ‚Zugabe'!

Resultat Sie wurden disqualifiziert. Aber sie hatten den meisten Beifall. Verrückt! Aber lustig, oder?

Jetzt doch noch zu einem schönen Thema. Die Liebe ist das höchste Gut des Menschen. Tausend Formen der Liebe gibt es, sagt man.

Nur wie soll man seine Liebe zeigen?

Gleich beim ersten Treffen mit einem großen

Redeschwall? Die Geliebte wird mit lieben Worten zugeschüttet.

Oder nähern Sie sich vorsichtig an? Keine Hektik. Nichts überstürzen. Sie achten auf die Signale der Geliebten.

Oder: Sie wissen ja, Frauen lieben Blumen. Gleich beim ersten Treffen kommen Sie mit einem großen Strauß roter Rosen. Frauen schmelzen dahin. Aber Achtung: Es kommt auf das Alter der Dame an. Junge irre Männer kommen mit einem unpassenden Strauß, und dann könnte es sein, dass das erste Treffen auch gleich ihr letztes Treffen war. Denn: Die junge Dame ist 17. Sie mag keine roten Rosen. So ein Strauß ist eher was für ältere Menschen.

Eine besonders schöne Form – kaum zu glauben – ist geradezu ein Evergreen: Bringen Sie Ihre großen Gefühle mit einem handgeschriebenen Liebesbrief zum Ausdruck. Dies hilft Ihnen, wenn Sie große Angst haben, Ihrer Geliebten Ihre Gefühle zu gestehen. Man kann sich leicht versprechen. Sie heißt z. B. Monika, aber er sagt vor lauter Aufregung Marianne. Vielleicht bekommt er gar eine Ohrfeige, und das Treffen ist zu Ende. Oder er stottert, und Sie fragt: „Hast du das schon lange?" Grausam für ihn.

Bitte *keine SMS, keine Mail*. So ein *Liebesbrief* zeigt Ihre persönlichen Gefühle am besten. Frauen können weinen oder lachen. Lachen ganz bestimmt dann, wenn verrückte, irre Männer einen solchen Brief schreiben.

Bei Liebesbriefen verliebter irrer Männer wird Ihnen Hören und Sehen vergehen. Man glaubt kaum, wie sie sich in Briefen offenbaren. Die Liebe lässt Männer allerdings auch verzweifeln, und da suchen sie manchmal nach Worten – ohne zu erröten. Eben ‚typisch Mann'.

Hier sind diese sehr persönlichen Briefe. Je nach Alter der Schreiber sind sie natürlich sehr verschieden, aber alle sind ‚schön irre'. Die Gefühlswelt der verrückten Männer blüht im Verborgenen. Männer würden diese sehr intimen Mitteilungen nie ihren Freunden zeigen. Lieber versinken sie in den berühmten Boden.

Horst, 53 Jahre

Hallo Du mein Feger, Du wollüstige Nudel. Ich müsste jeden Tag 100 Vaterunser beten, dass wir uns kennen gelernt haben. Diese Party bei Fredi ist mir unvergessen. Es war der Beginn meines wirklichen Lebens, unfassbar dieses Glück. 25 Jahre trennen uns, aber wie so oft waren wir schon vereint in einer Glückseligkeit, verlorene Träume ohne Scham der Vergangenheit, mehr als der Himmel auf Erden.

Manche Nummer haben wir schon geschoben. Ich bin stolz auf mich. In meinem Alter noch voll dabei und das ohne Pillen. Manche Schwierigkeiten bei meiner Männlichkeit hast Du spielend übergangen. Ich kann leider keine Potenzmittel nehmen, weil ich Diabetiker bin. Der beschissene Zucker nimmt mir immer etwas von meiner Potenz. Welche Frau versteht es schon, die Erregtheit eines geilen Mannes zu ergreifen. Ja, es stimmt, man kann mein altes Möbel da unten, dank Deiner flotten Hände gut unterstützen. Welches Glück für mich. Man sagt auch, je älter das Möbel, desto jünger sollte die Putzfrau sein.

Ich komme bei diesen Gedanken schon wieder in Erregung. Daran bist Du schuld, Du mit Deinem Dreieck. Hattest Du eigentlich Probleme im Büro mit dem Knutschfleck am Hals? Ja, ich könnte manchmal Dein Dracula sein und Dir vor Lust in den Hals beißen. Ich wäre volltrunken von Deinem süßen Blut. Wenn Du mich jetzt sehen könntest,

Du geile Schnecke. Ich bin gerade auf dem Flug nach London zu einer geschäftlichen Besprechung.

Ich schaue für einen Augenblick aus dem Fenster, sehe den wolkenlosen blauen Himmel. Jetzt müsste ich fliegen können, und ich wäre bei Dir. Oh, einen Moment, jetzt kann ich weiterschreiben. Die junge Frau neben mir musste aufstehen. Tolle Figur. Einen Rock etwas größer als ein Gürtel. Aber kein Vergleich mit Dir.

Ach, bevor ich es vergesse, den Scheck habe ich Dir gestern zugestellt, wie jeden Monat. Wir sehen uns wieder am Wochenende. Ich freue mich auf unsere Liebeslaube. Ich warte auf die seidenen Kissen. Du bist einfach meine geile Puppe. Ich muss aber jetzt Schluss machen. Ich würde sonst ein Fenster öffnen, um zu Dir zu fliegen. Tausend intime Küsse. Dein alter geiler und wilder Affe.

Georg, 55 Jahre

Liebes Frl. Dickmann,

verzeihen Sie mir die Kühnheit meines jetzigen Schreibens. Ich kann nicht anders. Bei der Rundreise mit dem Bus durch den Schwarzwald habe ich in der letzten Reihe gesessen, ganz hinten am Fenster. Ich hatte Ihnen doch den Koffer in das Netz gelegt. War es ein Koffer? Nein, es war eine braune Tasche mit einem Aufkleber, „Watzmann" stand darauf. Jetzt es mir wieder eingefallen.

Ich war so kühn und habe mir Ihre Adresse besorgt. Sie sehen, ich bin sehr interessiert an Ihrer Person. Ich lege, und ich sage es offen, gar nicht so viel Wert darauf, ob eine Frau schön ist. Das sehe ich bei Ihnen auch so. Aber Sie haben meine Seele berührt. Da braucht auch eine Frau nicht schön sein. Das wird mich nicht stören. Ich bin ein Mann der Kunst. Ich handle mit alten Möbeln. Da passen Sie ja ganz gut dazu. Ja, das passt wirklich. Mein Glück wäre so vollkommen. Aus den neuen Dingen mache ich mir gar nix. Ich habe sogar noch ein altes schwarzes Telefon zu Hause. Ja, ich gestehe, Sie inspirieren mich. Ich fange an fast zu schielen, wenn ich an Sie denke. Ich offenbare mein kleines Gedicht. Ein kleines Geschenk an Sie. Schon mal im Voraus „Liebste".

Oh Du Wolke des Glückes
Oh Du hohe Tann
Du erweckest in mir den Mann
Das Lächeln der Sonne
Ist eine unendliche Wonne
Die Sterne verzaubern den Himmel
Ich denk an Sie in voller Güte

Schön. Ja, mit Gefühl. Ein Moment. Mir ist fast die Hand eingeschlafen. Das hängt mit meiner Arthrose zusammen an meinem rechten Ringfinger. Jetzt geht es wieder. Der Kontakt zu Ihnen macht mich glücklich und auch müde. Das Gedicht sollte Sie erfreuen. Einfach so geschrieben ohne Probe. Bitte antworten Sie mir schnell. Ich verzehre mich nach Ihnen. Jetzt kennen Sie mich.

In Erwartung, Ihr Künstler und Dichter
Georg Streitberger

Und **Markus, gerade 24 Jahre**, schreibt:

Mein süßer Knaller,

ich weiß gar nicht, wie ich anfangen soll. Bin ganz aufgeregt. Schreiben ist nicht so meine Stärke.

Hatte in der Schule meine Probleme. Der Lehrer hat gesagt „bevor du richtig Deutsch kannst, sprechen

Eskimos Deutsch." Eskimos, weiß gar nicht, was das ist. Aber mein Vater hat gesagt. Junge, immer mit Deinem Smartphone. Du schreibst jetzt diesen Brief. Also gut. Ich will keinen Stress mit dem Alten. Aber jetzt. Ich glaube es kaum. Du sagst, Du bist schwanger. Schatz, ich werde irre. Wo soll das passiert sein?

Du hast doch gesagt an unserm letzten Abend. Mach den Springer. Habe ich gemacht. Vielleicht zu spät. Du hast mich wieder so geil gemacht.

Mann, Scheiße. Ich bin wieder auf Deine Verführungskünste reingefallen. Der erste Abend mit Dir. Werde ich nicht vergessen. Erst haben wir auf der Bank gesessen, und dann sind wir hinter die Büsche gesprungen. Ich hatte vier Wochen blaue Flecken. Bin über den dicken Stein gefallen und dann noch das Gesicht verschnitten mit einem Zweig. Ich glaube, wir haben 20 Minuten suchen müssen, bis wir Dein Höschen gefunden haben. Du hattest es einfach weggeschmissen.

Und ich hatte Probleme mit meinem Reißverschluss. Das Drecksding hatte sich verklemmt. Und dann fiel die Hose auf Moos, und so hatte ich auch noch die Flecken auf meiner neuen Hose. Mutter war stinkesauer.

Hast Du neue Nachrichten vom Arzt? Was geht da jetzt ab? Habe keine Ahnung. Also bei der Geburt bin ich nicht dabei. Kann kein Blut sehen. Nix für mich, meine Liebe. Mist, mein Kuli gibt den Geist auf. Schreib mir. Ich werde verrückt.

Ich und Vater. Wahnsinn. Gottseidank hast Du einen guten Job mit guter Kohle. Du weißt, ich bin noch auf Arbeitssuche. Es wird schon gehen. Also, ich gehe jetzt mit den Kumpels ein Bier trinken. Lass Dich drücken.

Dein Dickerchen.

Franz, 45 Jahre

Liebe Gerda,

ich bin ein einfacher Mann. Auch einfach in meinen Gefühlen. Ich muss Ihnen gestehen. Ich habe mich in Sie verliebt. Kann es eigentlich gar nicht so verstehen. Ich meine, Sie tragen auch so eine Brille mit den dicken Gläsern. Macht Ihr Gesicht auch schöner. Ich bin aber auch starker Brillenträger. Die Gläser sehen fast aus wie eine Lupe.

Gesehen habe ich aber trotzdem, dass Sie ganz schön dick sind. Aber das macht nichts. Da hätte ich auch mehr zu greifen.

Ich habe letzte Nacht schon wieder von Ihrem Bu-
sen geträumt. Das war jetzt nicht böse gemeint.
Meine Gefühle sagen mir, dass es mit uns passen
könnte. Gottseidank passen Sie mit Ihrer Größe zu
mir. Das ist erfreulich.

Leider, aber das wissen Sie ja, dass ich etwas geh-
behindert bin. Sonst bin ich noch gut in Schuss. Ich
bin Feuer und Flamme für Sie.

Leider muss ich anmerken, dass mir letzte Woche
der Arzt gesagt hat, dass ich immer weniger Ge-
fühle in den Beinen hätte. Ich habe Ihm aber gesagt,
das wäre nicht so schlimm. Ich hätte dafür mehr
Gefühle im Kopf. Da haben wir beide gelacht.

Schön, meine Liebste, oder?

So, jetzt muss ich in die Küche. Ich habe Hunger.
Viel kochen kann ich leider nicht. Wenn wir dann
beide nicht richtig kochen können, dann nehmen
wir halt ab. Das dürfte Ihnen auch nicht schaden.
Nein, das war lustig gemeint.

Ach so, Weißwein darf ich auch nicht trinken we-
gen meinem Zucker. Diabetiker, heißt das, glaube
ich. Ich mag keine Fremdwörter. Bier darf ich aber
trinken. Sogar ziemlich viel.

Ich gebe Ihnen schon mal einen dicken Kuss. Und

ganz unter uns. Sollten wir mal zusammen in einem Bett schlafen. Muss ich Ihnen dann sagen, dass ich auf der rechten Seite schlecht schlafen kann. Ist aber jetzt noch nicht wichtig.

Freue mich jetzt schon, wenn wir uns wiedersehen. Ich komme dann wieder mit der Straßenbahn. Ich habe keinen Führerschein. Hat nicht geklappt. Der Fahrlehrer hat gesagt, ich hätte sie nicht alle. Ich wäre irre. So ein Idiot. Was meinen Sie dazu?

Also, jetzt noch einen zweiten dicken Kuss.

Ein verliebter Mann, Dein Franzel

Jürgen, 25 Jahre

Geliebte Renate,

eine wie Dich, habe ich schon immer gesucht. Du hast eine Spitzenfigur. Dein Vater hat richtig Knete. Deine Kleider. Ja unschlagbar. Dein Mini in Rot, man sieht fast Deinen Slip. Ich habe dann immer Regungen in der Hose.

Und meine Gefühle zu Dir. Unbeschreiblich. Vor allem Deine zarten Hände und Deine fast schon lange Zunge haben mich zerstört. Du hast es geschafft. Viele Menschen sprechen Französisch.

Auch Du, aber Du kannst es auch ohne die Sprache. Unfassbar. Du bist ein Naturtalent. Dich schenkt mir der Himmel.

Du hast auch eine schöne Eigentumswohnung. Toll. Da fällt mir gerade ein. Ein guter Freund von mir, will seinen tollen Porsche verkaufen. 15.000 Mäuse. Ich sage fast geschenkt. Das wäre was für uns. Jetzt im Sommer, und dann noch offen. Nein, nicht geschenkt von Dir. Nein, mit Vertrag. Wenn ich wieder Arbeit habe, zahle ich monatlich das Geld zurück. Ich bin ein Schlauer, habe schon mal den Wagen reservieren lassen. Meine kleine Schnecke. Ich rechne mit Dir. Ich sehe immer mehr, wir passen gut zusammen. Jeden Tag eine Sause ist besser als jeden Tag eine Brause. Cooler Spruch, meine süße Schnecke.

Mausi, wenn Du den Brief hast, rufe mich bitte an. Ich warte auf Dein süßes Läuten. Erst läutest Du, dann lass ich meine Glocken läuten. Das macht Dich geil, alte Schnecke. Nehme es easy. Immer cool bleiben. In großer verrückter und irrer Liebe, Dein strammer Jürgen

Kurt, 42 Jahre

Susi. Scharfer Name. Ich sag schon mal Du. Wir dürften im gleichen Alter sein. Schätze ich.

Du Wunder der Natur, glaube mir, ich habe ja schon viel in meinem Leben gesehen, aber so was noch nicht, einfach unglaublich. Mann oh Mann. Ich kann es nicht fassen. Ich bin ja fast gestorben, mir blieb der Atem beim Schwimmen weg. Es war in der neuen Kiesgrube. Gestern war das, und heute schreibe ich Ihnen schon diesen Brief. Ich bin Ihnen nachgefahren bis zu Ihrer Wohnung Grubenweg 20, eine schöne Gegend. Glaube nicht billig. Susi Büsen stand unten an der Klingel. Ich sage es offen, man müsste das „Ü" weglassen, und was käme dabei heraus? Busen, einfach Busen, und das würde Ihnen besser stehen.

Ich habe mich schon gewundert, dass Sie überhaupt laufen können und nicht nach vorne fallen. Das Gewicht Ihres Busens zieht doch nach unten. Meine frühere Freundin sieht dagegen aus wie ein Nagelbrett. Ich liebe große Busen. Viele Männer lieben einen dicken Busen. Eine schmale Taille und dann so dicke Hupen. Scharf, meine Liebe. Was für irre Männer, wie mich.

Glauben Sie mir, mit dem Stoff Ihres Oberteils,

können andere Frauen sich einen Bademantel ma-
chen. Echt der Kracher, meine liebe Susi. Und der
Traum aller Männer. Ihre Hupen stehen auch noch.
Bei vielen hängen die runter wie ein Sack. Da
kommt keine Freude auf. Sie können eigentlich beim
Schwimmen nie untergehen, denn Ihre zwei großen
Lustballons halten Sie doch immer oben.

Stelle mich kurz vor.

Ich arbeite beim Film. Sind spezialisiert auf Hei-
matfilme. Wir drehen gerade einen Film in den Ber-
gen. „Du wunderschönes Alpenglühen", so der
Film. Da würden Sie mit Ihren Böllern gut dazu
passen. So im Hintergrund. Neben Ihnen steht ein
junger Bauernbursche und knöpft sich gerade die
Hose auf. Das könnte passen. Ich spreche mit dem
Regisseur.

Ehrlich, erst habe ich mich in Ihren Wahnsinnsbu-
sen verguckt, und jetzt habe ich Gefühle für Sie.
Wir sollten uns wieder am nächsten Samstag an der
Kiesgruppe treffen. Man kann ja nie wissen. Viel-
leicht kaufe ich mir zwei Stützbänder für die Hand-
gelenke. Nein, war ein kühner Scherz. Hoffe, Sie
kommen.

Ihr Bewunderer Kurt, der Coole

Wolf-Dieter, 51 Jahre

Liebes Frl. Dreist,

Sie werden es nicht glauben, aber ich sitze jetzt schon drei Stunden hier im Wartezimmer bei dem Urologen Prof. Dr. Schlösser. Sie kennen mich schon etwas länger von unserem gemischten Chor. Sie wissen, dass ich bei der Post bin. Ich liebe meinen Beruf. Ich sitze hinter dem Schalter. Ich bin sehr penibel. Hatte den Termin um 10 Uhr und jetzt eine Frechheit, diese Behandlung. So was kenne ich nicht bei meiner Arbeit. Ich habe meine Schalterdienste, und diese muss ich als Beamter einhalten. Ich habe auch immer meine Mappe dabei. So kann ich Ihnen jetzt diesen Brief schreiben. Immer Papier und einen Bleistift. So kann ich die Zeit nutzen. Ich denke gerade an Sie. Ich glaube, es entwickeln sich bei mir Gefühle. Sonst habe ich nur Gefühle für meine Arbeit. Wir könnten auf einer Gefühlsebene liegen.

Gerade unsere beiden Auftritte in unserem gemischten Chor. Sie Sopran, ich singe Bass. Ich muss es Ihnen trotzdem sagen. Sie sollten doch etwas mehr zu Hause üben. Manchmal haben Sie schon schräge Töne. Klingt, als wenn man einer Katze auf den Schwanz tritt. Jetzt muss ich aber selbst lachen. Ich denke gerade an unseren letzten

Auftritt. Das Lied, was wir jetzt einstudiert haben.
Es heißt, glaube ich: „Oh, Du mein goldenes Herz".
Ja, das haben Sie wirklich gut gesungen. Gratuliere
Ihnen dazu.

Ich sage Ihnen ganz offen. Ich habe etwas hier bei
dem Urologen. Sie wissen sicher, es gibt bei Män-
nern diese Prostata. Schöner wäre das Wort Prost.
Ein kleiner Lacher, meine Liebe. Nicht schön für ei-
nen Mann. Wenn man älter wird, gibt es Probleme
auch beim Wasserlassen. Man steht auf der Toilette
und wartet, und es kommt aber nix, nur bei paar
Tropfen. Ganz schlimm, sage ich Ihnen.

Hatte mein Vater schon. Meine Mutter nie. Die hat
gesagt: „Was ihr Männer mit dem Dings da unten
habt." Und jetzt kommt der Arzt meine Liebe und
bearbeitet meinen Hintern. Wollten Sie das vorne
bei Ihnen? Einfach ekelhaft. Ich darf es gar nicht
sagen. Stellen Sie sich vor, ja mit dem Finger. Ver-
zeihung. Bei dem Gedanken wird mir schon ganz
schlecht.

Lassen wir jetzt dieses Thema.

Sogar bei diesem Eingriff, muss ich an Sie denken.
Ich gestehe, es erregt mich. Sehr kühn von mir,
meine Liebe, verzeihen Sie. Oh, ich werde aufgeru-
fen. Ich schließe mit der Bitte, dass wir uns bald

wiedersehen bei der nächsten Gesangsprobe.

Vielleicht begleiten Sie mich beim nächsten Mal mit zum Urologen. Dann werden Sie die Männer sehen mit Ihren traurigen Gesichtern. Nein, keine irren Männer, nein keine Machos, sondern arme Wichte. Das könnte Frauen gefallen. Noch eine Umarmung. Ich denke jetzt an Sie. Der Eingriff fällt mir dann auch leichter. Noch einen kühnen und liebevollen Kuss.

Gruß, meine Liebe

Heinrich, 80 Jahre

Meine gnädige Frau Brettschneider,

ich muss es kurz machen.

Ich habe gerade eine Spritze bekommen zur Beruhigung. Ich denke zwar an Sie, aber nicht wegen Ihnen, sondern gegen meine Verwirrtheit. Ihren Namen habe ich aber behalten. Auf dem Gang habe ich Sie getroffen, werde ich nicht vergessen. Sie fielen mir auf mit Ihrem bunten und geblümten Bademantel. Ich musste lachen. Ich habe Ihnen hinten noch das Preisschild abgemacht. 8 Mark, oder waren es Euro?

Das war bestimmt ein Gelegenheitskauf. Wir hatten fast das gleiche Modell zu Hause. Wollten wir damals in die DDR zu Verwandten schicken. Die haben aber gesagt „So einen Scheiß ziehen wir hier nicht an." So eine Frechheit, meine Dame.

Gut, aber Ihrer war auch zu groß. Hat mir gefallen. Ich gestehe offen. Ich habe ein Gefühl für dürre Frauen. Sie fallen ja fast auseinander, meine Gnädige. Sie haben fast kein Gesicht mehr.

Ich vermute auch, dass ich mehr Busen habe wie Sie. Das meine ich nicht böse. Ich würde Sie gerne füttern. Besonders kochen kann ich nicht. Habe mich sehr oft an den fertigen Dosen die Hand aufgeschnitten. Meine Liebste. Ich muss abbrechen, der junge Mann kommt mit dem Rollstuhl. Ich muss zur Untersuchung. Melde mich aber wieder, meine Gnädige. Bleiben Sie mir gewogen. Ihr hohes Alter würde zu mir passen. Wenn Sie nicht mehr gehen könnten, weil Sie zu schwach wären, könnte ich Sie auch im Rollstuhl schieben. Das traue ich mir noch zu.

Noch eine kurze Anmerkung.

Ich bin noch nicht tot, meine Liebste. Das sollte Sie freuen, hoffe ich. Gestehe, mit der körperlichen Liebe, das wird nichts mehr, aber ich war früher ein *guter Küsser, sogar mit der Zunge. Sie würden sich wundern. Aus Erfahrung weiß ich, wenn man das Gebiss rausnimmt, ist es noch intensiver. Schön, oder? Melde mich wieder mit einer zärtlichen Umarmung.*

Meine lieben Leser.

Diese verrückten Liebesbriefe beweisen, dass es diese irren Männer wirklich gibt. Die Gefühle vernebeln den Kopf. Man kann nicht mehr richtig denken. Frauen könnten bei solchen Briefen ebenfalls verrückt werden, oder sich ärgern.

Bitte seien Sie froh und glücklich, dass es diese Männer gibt. Es macht die Beziehung Mann und Frau schöner.

Oder doch nicht? Lesen Sie diesen Liebesbrief einer Frau.

Marianne, 32 Jahre

Hallo Gerd,

sitze gerade am Frühstückstisch. Habe mir schon die Zunge verbrannt. Mist. Die letzte Nacht mit Dir. Einfach unfassbar. Deine Berührungen, Dein

Atem, der Geruch nach Schnaps. Es hat mir den Atem verschlagen. All Deine wilden Umarmungen konnten es aber nicht vergessen machen, dass Du zum Zahnarzt gehen musst. Du hast meine Zunge mit Deinen spitzen und großen Zähnen verletzt. Ich gestehe, meine Lustschreie kamen nicht von meiner Wollust, sondern von Deinen blöden Zähnen. Ansonsten mein Liebster, war ich im siebten Himmel.

Aber Hallo. So was habe ich ja noch nie gesehen. Du hattest eine Penispumpe im Bett. Ich dachte, Du hättest das Ding aus einer Werkstatt. Sieht fast wie eine Fahrradpumpe aus. Ich muss heute noch lachen. Oh toll, das wird was. Und dann? Du hast gepumpt und gepumpt ... Nein, so eine Enttäuschung, er fiel gleich wieder zusammen. Du hattest einen roten Kopf. Das Ding kannst Du Deinem Opa schenken. Aber dann, Du weißt schon, was ich meine. Ich gehe jetzt noch einmal ins Bett und träume von Dir, obwohl ich erschöpft und ermattet bin. Du bist schon ein wilder Vogel. Gehe schön arbeiten.

Ich rufe Dich heute Abend an.

Deine unersättliche Geliebte

Sind Frauen auch irre? Man könnte es vermuten.

Humor – wenn auch in vielen Fällen *irre*, hilft – uns, das tägliche Leben besser zu bewältigen. So sollte es sein; und es hilft beiden Seiten. Eine Form der Integration könnte man sagen. Wenn Männer kleine Kinder bleiben, müssen Frauen eben versuchen, sie zu verstehen. Manchmal für Frauen nicht leicht. Ein Versuch könnte sich aber lohnen ...

Und mit einem Lächeln geht ohnehin vieles leichter.

MIX

Papier | Fördert
gute Waldnutzung

FSC® C083411

Zeitfracht Medien GmbH
Ferdinand-Jühlke-Straße 7
99095 Erfurt, Deutschland
produktsicherheit@kolibri360.de